Tiara Label

ティアラ文庫

寂しがり王子様は私にだけ甘えたいらしい

月神サキ

JN105332

プランタン出版

Contents

※本作品の内容はすべてフィクションです。

序　章　婚約者候補になりました

チェスナット王国。

宝石や鉄鉱石が豊富に採れる、大陸の北側に位置する国だ。

交易が盛んなので国は豊かだが、気候は厳しい。

特に冬は長く、耐えがたい寒さが続くことで有名だ。

三百年前に中立を宣言してからは戦争らしい戦争はない。もちろん国内でのもめ事は多少あるけれど、国同士の諍《いさか》いに比べれば些細なものだ。

そんな国の、クレイブマートル伯爵家の長女として生まれたのが私、プリムローズ・クレイブマートル。

金髪に薄い茶色の目。

この国では比較的よく見る色合いで生まれた私には、四人の弟妹がいる。

弟がふたりに、妹がふたり。

家族仲は良いが、我が家はとても貧しかった。

伯爵家といっても、名前だけ。

二十年前に祖父が新しく立ち上げた事業に失敗し、財産の九割を失ってしまったことが原因なのだけれど、今もその時の借金が残っているので、貧乏暮らしが続いている。

歴史だけはある大家族の貧乏一家。

それが現在のクレイブマートル伯爵家なのである。

給金を払えないという理由で、使用人だって五人しかいない。

五人……正直、屋敷を維持するには厳しすぎる人数だ。

何せ、広い屋敷には人手と金が必須なので。

どうにかお金を工面しなければならない。だけど父は城に勤めてはいても、閑職にも等しい、王城にある図書室の司書。

更に言えば、野心なんて微塵《みじん》もなく、暮らしていけるのならこのままでも良いじゃないかと本気で言ってしまえる人だった。そしてそれは母も同じで。

そういうわけだったから、貧乏から抜け出せる予兆もなく、私は弟や妹の世話をしながら家族と日々を細々と暮らしている。

生活に不満があるわけではない。

私自身、贅沢は好まないし、家族が大好きだから。だけどもう少し生活が裕福になれば、弟や妹たちに好きなものを買ってあげられるのになと考えることはあった。

貧乏が理由で、欲しいものを我慢させることも多かったから。

我が家の財政事情が厳しいから仕方ないのだけれど、それだけは可哀想だなと、そう思っていたのだ。

そんなある日、城に勤める父が、とんでもない話を持って帰ってきた。

◇◇◇

「プリム！　プリム！」

玄関ロビーで父が私を呼んでいる。

末の弟に強請《ねだ》られ、ソファで膝枕をしてあげていた私は、頭を撫でていた手を止めた。

「あねうえ」

不満そうに弟が私を見る。手を止められたのが嫌だったのだろう。

「ごめんね、アッシュ。お父様が呼んでいらっしゃるみたい」

退《ど》いてくれる？　とポンポンと優しく肩を叩くと、弟は「はあい」と身体を起こした。

まだ六歳の弟は、とても甘えん坊だ。

手の回らない両親に代わり、ほぼ私が育てたせいで、特に私に対しての甘えが酷い。

まあ、特に困ってはいないのだけれど。

好意を前面に押し出して懐いてくる弟は可愛いのひとことに尽きるから。

ごめんねともう一度弟に謝り、ソファから立ち上がる。

私がいるのは子供部屋だ。

部屋の中にはぬいぐるみや玩具が溢れている。どれも使用人や私のお手製だ。

使い込まれた古びたベッドではもうひとりの弟が昼寝をしていた。

部屋にはふたりの妹もいたが、彼女たちは私が先日作ってあげた手縫いの人形で遊んでいて、私のことなど見向きもしなかった。

そっと部屋を出る。

絨毯《じゆうたん》も敷いていない廊下を歩くと、時折床が軋《きし》んだ音を立てた。そろそろ手を入れなければならなさそうだ。

古い屋敷なのであちらこちらにガタが来ている。修繕はしているけれど、なかなか追いつかないのが現状だった。

「お父様、お帰りなさい」

階段を下りる。玄関ロビーには父だけではなく母の姿もあり、父の上着を受け取っていた。執事は馬車を戻しにいったのだろう。

使用人が足りない我が家では、ひとりひとり、複数の仕事を掛け持ちしなければ成り立たないのだ。

私の姿を認めた父が「プリム」と呼ぶ。

私はプリムローズという名前だが、家族にはプリムという愛称で呼ばれているのだ。

父は私にただいまのキスをすると、じっと私の目を覗き込んできた。

ちょっと困ったような顔をしている。

「ただいま。実はね、プリムに話があるんだ」

「話、ですか?」

「うん。あまり、良い話とは言えないんだけど」

「?」

母を見る。

すでに父から聞いているのか、母は微妙な顔をしていた。

「お母様?」

「まずはお父様から話を聞きなさい」

「……はい」

窘められ、頷いた。父を見る。父は眉を下げ、どこか申し訳なさそうな顔をしながら言った。

「実はね、お前に婚約の話が来たんだよ」

「……え」

婚約。

突然出てきた言葉に動揺した。予想すらしなかったからだ。

私は今年十九歳になる。

普通の貴族令嬢になら、婚約者くらいいても当然の年齢なのだけれど、何せうちは貧乏伯爵家。

持参金など用意できるはずもない。しかも借金だって残っている。

そんな家の娘を貰おうなんて奇特な家などなかなか現れるはずもない。だから私自身、結婚はまだ当分先だろうなとなんとなく思っていた……のだけれど。

「えっ、えっ……婚約って……相手はどなた、ですか?」

結婚願望自体は人並みにある。

子供は好きだし、いつか家庭を持ちたいと思っていたので、純粋に結婚相手が気になった。

借金があるような家の娘を貰おうなんて、一体どんな物好きなんだろう。

年の離れたお爺さんだろうか。それとも性癖に問題のある人?

父がそんな話を持ってくるとは思わないが、母が微妙な顔をしていたことを思い出せば、期待はできなかった。父も、良い話ではないと言っていたし。

ドキドキしながら父を見る。

父は言いづらそうに口を開いた。

「……婚約とは言っても、実際は婚約者候補というお話なんだけどね。それで分かってくれたと思うけど、お前のお相手はジュリアン殿下だ。お前も知っているだろう？　我が国の第一王子にして王太子。あのお方だよ」

「ええっ⁉」

予想の斜め上すぎる名前が出てきて目を丸くした。

ジュリアン王子。

今年二十五歳となる我が国の第一王子を、もちろん私は知っていた。

黒い髪と新緑の瞳が有名な、甘いマスクが魅力的な王子様。

優秀な頭脳を持ち、将来有望とされる我が国の跡継ぎである彼は、同時に大の女好きとしても知られていた。

整った容貌と王太子という立場の彼は、当たり前だがモテる。

寄ってくる女性は星の数ほど。そしてそんな女性たちを彼は笑顔で侍らせていると、そういう話なのだ。とはいっても、誰かを愛妾に召し上げたという話はまだ聞かないけれど。

その第一王子であるジュリアン王子が私の婚約者？　そんな馬鹿な。

将来を期待される王子の妃として宛がわれる女が、借金持ちの貧乏伯爵家の娘とかありえない。

信じられなかった私は父に詰め寄った。

「冗談でしょう、お父様。殿下と婚約なんて……誰が見たって不釣り合いです」

伯爵家というだけなら釣り合わないこともないが、そこに『借金』がつくと話は別だ。

没落し切った家の娘が王子に相応しいはずがない。

だが父は首を横に振って否定した。

「残念ながら冗談ではないんだよ。その……だね。お前も殿下が女性をお好きなのは知っているだろう？」

「……ええ、それは……はい」

王子の女好きは国民の多くが知っていることだ。

頷くと、父は頰をポリポリと掻きながら言った。

「殿下が常に女性を侍らせているというのは嘘ではない。だけどね、その噂には間違いがひとつあって」

「はあ……」

怪訝《けげん》な顔で父を見る。

「殿下は、今まで一度も女性たちに手を出したことがないんだよ。本当に、誰ひとり。ただ、側に置いて楽しんでいるだけなんだ」

「はあ？　女好きなのに？」

「ああ。陛下も宰相も言っていたから間違いない。手は出さず、ただ侍らせているだけなんだとか」

「……」

言葉の意味が、本気で分からなかった。

だってチェスナット王家は、直系男子が多くの女性に手を出し、子を作ることを喜ぶ風潮があるからだ。

そもそも王家は婚約自体、肉体関係を持たなければ正式に認められない。

それまでは婚約者候補という扱いで、性的な関係に発展して初めて、正式な婚約者とみなされるのだ。

その後に結婚。

それがチェスナット王家の婚姻のしきたり。

大昔、愛のない結婚をし、故に性的な関係を持たず、結果的に後継者が生まれなかった王族がいた。

王家はそこで直系が途絶え、大変困ったことになったとか。

結局、傍系の男子が王位を継ぎ、なんとか現在まで血を繋いでいるのだけれど、二度とこんなことがあってはならないと、それ以来、きちんと性的関係を結ばないとまず婚約すら許さないという話になったのだ。もちろん、愛妾だって大歓迎だ。

少しでも多くの子供を残してくれる方が良い。そういう考え方なのである。

理屈としては分かるし、王家が途絶えるなんてことになっては大問題。

だから私も王子が女好きと聞いても、「ああ、そうなんだ。まあ王家のためにはそれくらいの方がいいよね」としか思わなかったのだけれど。

「え、え、え……？　どういうことなんです、それ？」

もしかして王子は不能だったりするのだろうか。

言葉にはしなかったが言いたいことは伝わったようで、父は苦笑しつつ首を横に振った。

「いや、至って健康だそうだよ。どこにも問題は無い。それなのに頑として受け付けないという話でね。しかも、普段侍らせている女性たちだけではなく、今まで殿下の婚約者候補として挙がった全員。結果として皆、手を出されず、婚約を結ぶことができないままその座を降りているんだ。その数なんと二十人以上」

「にじゅうにんいじょう……」

とんでもない数だ。戦く私に父が更に言う。

「しかもその全員が殿下の閨《ねや》にさえ立ち入らせて貰えていない」

「嘘でしょ。どんな気難しい方なのよ。一体何が気に入らなかったの」

思わず突っ込みを入れてしまった。父が苦笑しながら答える。

「それは誰にも分からないよ。聞いても答えて下さらないらしいから。でもね、結果として、どんどん殿下のお相手となる令嬢がいなくなって、今や誰も候補にすらなりたくないと敬遠されているのは事実なんだ」

「うわ……」

それはそうだろう。

婚約者候補として招かれているのに、閨にすら立ち入らせて貰えないのだ。

女性としてのプライドはズタズタだし、しかも何が気に入らないのか分からないとか、難易度が高すぎる。

そんな男、いくら顔が良くても誰だって断ると思う。

「当初目を付けていためぼしい令嬢たちは全滅。だけどこのままにはしておけない。陛下が次の相手をと言い……」

「お父様に声が掛かったという話、なのですか？」

確認すると、父はこっくりと頷いた。

「そうなんだよ。そういえばお前のところには年頃の娘がいたな、と宰相が仰って。……陛下も期待した顔で私を見てきて、とてもではないけれど断れる雰囲気ではなかったんだ」

それは父を責められない。

国王に期待した顔をされて、「いいえ」が言えるだろうか。

私が父だとしても「はい、喜んで」一択だ。

「難しく考えなくていいんだ。嫌な言い方だけど、お前も今までと同じで、お声が掛からないまま、婚約者候補を辞退するという話になるだけだと思うからね」

「それはそう、でしょうね」

私が見初められるとは思わない。

特別優れた容姿というわけではないし、家柄も没落した伯爵家では、王子だって嫌がるだろう。

どうして王子が女性たちを拒んでいるのか知るよしもないが、私が行ったところで彼の琴線に触れるとは思えない。

それに、それにだ。私だって王子が相手なんてごめんなのだ。

結婚に憧れはあるし、できれば子供だってたくさん欲しいと思うが、それは自分に釣り合う相手がいればという話。

王子の妃なんて考えたこともないし、私に務まるとも思えない。

私が渋い顔をしていることに気づいた父が慌てたように言う。

「だ、だけどね、悪い話でもないんだよ。婚約者候補として城に上がる期間は最長半年。その期間を勤め上げれば、報奨金を出すと宰相が仰って下さって」

「報奨金？」

現金な話だが、思いきり反応してしまった。

「そんなものがいただけるのですか？」

「それくらい、もう相手になる令嬢がいないということなんだよ。婚約者候補としてきちんと扱って貰えないことに耐えかねて、半年どころか二週間やひと月で自分の屋敷に逃げ帰る子もいると聞くからね」

「……」

最初に選ばれた子たちは、当たり前だが家柄抜群、容姿端麗の令嬢ばかり。

皆、婚約者になれる自信があったのだろう。だが、王子は閨を訪れないし、立ち入らせてもくれない。

やがて耐えきれず彼女たちは……ということらしい。

規定では半年手を出されなければ婚約者候補失格、という話だが、それまで耐えられた子の方が少ないと聞けば、乾いた笑いしか出なかった。

しかし、父から聞かされた報奨金の額はなかなかで、無視できないものがある。

借金を返せるほどではないが、日々の生活を豊かにはできる。そんな絶妙な金額なのだ。

今、季節は春。半年後、冬がやってくることを思えば、貰えるお金は貰っておきたい。

暖房のための薪だって決して安くないのだ。

チェスナットの冬は長く厳しい。そのため、屋敷に籠もって過ごす日が増えるのだけれど、その時、懐を気にせず部屋を暖かくできるのは有り難いなと思った。

それに、どうせ断れないわけだし。

引き受けてくれたら――なんて言っているが、実際はもう決まった話なのだ。私に拒否権などなく、行く以外道はない。

半年勤め上げれば、冬を越せるだけの資金が手に入る。そう考えれば、多少やる気にもなるというもの。

ちらりと母を見る。母はすっかり期待した顔で私を見ていた。

報奨金が嬉しいのだろう。分かる。

だから私はこう答えるしかなかった。

「……分かりました」

積極的に行きたいわけではないけれど、決まってしまったことだし、何より報奨金が美味しいから。

短期間の仕事だと割り切れば、なんとかなるのではないだろうか。

「お城に行きます」

殿下の、名ばかりの婚約者候補として。

「助かるよ、ありがとう！」

父が涙目で私の両手を握る。その表情を見て、これは相当締め付けられたのだなと理解した。

王子の婚約者候補なんて、普通は誉れ以外の何ものでもないはずなのに、我が国での扱いはこれとか、ため息しか出ない。

「でもまあ、大丈夫でしょう」

これは、仕事だ。半年限定の仕事。

そう、自分に言い聞かせる。

こうして私は、泣きながら反対する弟妹たちに見送られ、不承不承ながらも半年頑張ればお役御免の仕事を引き受けることとなった。

第一章　女好きの王子様

「はあ……」

無意識にため息だって出るというものだ。

婚約者候補の打診を受けてから、わずか一週間という短い時間で、私は荷物を纏め、王城へとやってきた。

これから半年間、私はこの城で暮らすことになる。

どうして城で暮らすのかと言えば、相手と性的接触の機会を増やすため。

同じ場所で暮らしていれば、それだけ王子も手も出しやすいだろうという話なのだ。

王家がどれだけ強く正式な婚約者を望んでいるのか、これだけでも窺い知れるというもの。

できるだけ急いで欲しいとせっつかれ、馬車に荷物を放り込み、やってきた王城。

父は毎日登城しているが、私はデビュタントの時に来たきりなので、これが二度目である。

「……」

己が着ているドレスを見る。

貧乏なので、あまりドレスの類いは持っていなかったのだが、それではさすがにまずいと、父が用意してくれた。

有り難いけれど、家計に余裕がないことを知っているだけに勿体ないと叫びそうになったのは秘密だ。

この国では春夏でもあまり気温が上がらないので、半袖を着る人は殆どいない。

ドレスの形はウエスト部分をキュッと絞ったAラインが基本。

袖は手が隠れるほどに長く、肘から袖口までスリットが入っている。

春でも冷えることが多いため、肩に刺繍《ししゅう》の入ったストールを掛けているのだが、これはこの国の女性なら皆がしていること。

ただ、身分によって使われる生地が変わる。シルクやカシミヤは暖かいけれど高級品なので、それこそ高位貴族や王族しか使えない。

着ているもので、その人の身分が分かる。そういうものなのだ。

父のお陰で今は私もそれなりのものを身につけているが、本当にそれが必要だったかは不明だ。

屋敷にいる時は、同じような格好でも毛や綿素材のものを着ていただけに落ち着かない。いや、王子と会うのに見窄らしい格好ではまずいというのは分かるのだけれども。

父は必要経費だから宰相が出してくれたと言っていたが、本当だろうか。

父に話を持ちかけたのは宰相だそうだから、分からなくもないけれど、嘘だった場合が恐ろしい。せっかく半年我慢してもその報酬が露と消えるのは避けたいのだ。

無言で、今、自分がいる部屋を見回す。

黄金で眩《まぶ》しい壁と天井。真っ赤な絨毯。縁に細かい細工の施された美しい鏡に、暖炉の上に置かれたからくり時計。

広い室内は美しく整えられており、調度品はどれも非常に高価だとひとめで分かる品ばかりだ。

ここに連れてきた父は、三十分ほど前に「待っているように」と言って出て行ったが、いまだ戻ってくる気配はない。

こんなところに放置されても落ち着かないだけなのだけれど。

「……はあ」

もう一度ため息を吐いたところで、扉からノックの音が聞こえてきた。

「はい」

慌てて返事をすると、扉が開いた。

てっきり父が帰ってきたのかと思ったが、現れたのは王子だった。

ジュリアン・チェスナット第一王子。彼は、綺麗な笑みを浮かべていた。

襟なしの膝裏まで長さのある黒い上衣を着ている。

中にはスタンドカラーの股丈まであるシャツ。

サッシュベルトを巻き、護身用の短剣を差していた。

女性と同じで、デザインや素材の差はあっても、皆基本的には同じような格好をしている。

私が着ているのもそうだけど、これらは我が国で代々受け継がれている伝統的な衣装なのだ。

ただ、黒の上衣は王族しか着られないと決まっていて、それが彼を王子であると知らしめていた。

左に流している前髪が目に掛かっており、それが非常に色っぽい。

少し垂れた瞳は綺麗な碧だ。

薄い唇が官能的で、ゾクリとした。肌の色はこの国の人間らしく、白い。

日照時間が短いので日に焼ける機会がないのだ。背は高く、私より頭ひとつ分は大きい。

中性的に見えるのに、目がどこまでも雄で、なるほど、彼がモテるというのはよく分かると思った。

彼はにこにこと笑っていたが、それがどこか嘘くさいように私には思えた。

「遅れてごめんね。君が俺の今度の婚約者候補かな？」

柔らかくも甘い声音が、紡がれる。

笑うと美しい歯並びが見えた。

頭を下げ、王族に対する礼を取る。まずは名乗らなければと思った。

「初めまして。私、プリムローズ・クレイブマートルと申します」

「ん？　クレイブマートルって、図書室の司書をしてくれてる彼の娘？」

「はい」

閑職にいる父が、王子に認識されていることに驚きつつも肯定する。

王子は「そっか」と頷きながら、私を見た。一見、とても好意的に見える。

「俺はジュリアン。ジュリアン・チェスナット。君も知っての通りこの国の第一王子で王太子。よろしくね」

「はい。よろしくお願いいたします」

よろしくというわりに、手を差し出してこないことを不思議に思いつつ、頭を下げる。

「いいよ。そんなに堅苦しくしないで。俺、そういうの苦手なんだ。皆で仲良くできると楽しいよね」

「皆、ですか?」

顔を上げ、真意を尋ねると、彼は「そうだよ」と頷いた。

「今、この城には十人くらい女の子たちが滞在していてね、皆可愛いんだ。あ、もちろん君も可愛いよ。女の子って皆可愛くて、俺、大好きなんだよね」

「……はあ」

楽しげに語る王子を見つめる。

どうやら事前に聞いていた『女好き』と『女性たちを侍らせている』という話は本当のようだ。

「君も彼女たちと仲良くしてくれると嬉しいな。彼女たちはただこの城に滞在しているだけで、君と立場は違うけど、でも、皆大事な子たちだから」

「……はあ」

とりあえず、頷いておく。

「実は今から、皆で中庭に出て散歩するんだ。君も良かったら来る? 皆に紹介するけど」

「あ、いいえ、結構です」

はあ、しか言えなかったが、ここはしっかりと拒絶した。

王子が侍らせている女性たちに興味はないのだ。彼女たちと遊びたければ遊べば良いと思うが、私を巻き込んで欲しくはなかった。

「え、来ないの？　楽しいのに」

私が肯定的な返事をしなかったのが意外だという顔をされた。

きっと今までの婚約者候補たちは、彼のお誘いに頷いたのだろう。

彼女たちは私とは違い、王子の花嫁になるという野望があっただろうから、それも当然だと思う。実際に会って、自らの立ち位置を女性たちに示す。それは後々正妃となる身なら、絶対にどこかでしなければならないことだ。

まあ、私は違うけど。

私は報奨金さえ貰えればそれでいい。王子の花嫁なんて望んでもいない。

ただ、半年を静かに過ごせればいいと思っているので、自分から王子の人間関係に首を突っ込もうとは思わなかった。

とはいえ、それはさすがに言えないので、別の言い訳を用意する。

「お誘いは有り難いのですが、まだ、部屋の確認もしていませんので」

「そう、残念だな。あ、気が変わったらいつでも来て良いからね」

「ありがとうございます」

行くことなんてないけどと思いながらも頷く。そこで気がついた。

王子の肩に白い糸くずがついていたのだ。

黒い衣装なので、白色は酷く目立つ。

無意識に手を伸ばした。

いつも弟妹にしていることだったから、気にもしなかった。

ただ糸くずを取って捨てる。それだけのつもりだったのだけれど。

「触るな」

伸ばした指が糸くずに触れることはなかった。

機敏な動きで、彼が一歩後ろに身を退く。

鋭い声に目を見張った。

拒絶されたと気づき驚くも、まずは触れる意図はなかったことを説明する。

「……ご不快な思いをさせてしまったのなら申し訳ありません。その、肩に糸くずがついているのを見つけましたので」

「……糸くず？」

こちらを警戒するように睨み付けていた王子が、己の肩を確認した。そこに確かに糸くずがあることを見た彼は、それを取ると、少しだけ申し訳なさそうに言った。

「……誤解だったみたいだ。ごめん。でも、この際だから言っておくね。俺に触れないで。

――そういうの、俺、本当に無理なんだ」

「……」

「じゃあ、そういうことだから」

私の返事を待たず、彼はまるで逃げるように部屋を出て行った。

ポカンとそれを見送る。

無理と言った彼の声は酷く冷たく、他人を拒絶する響きがあった。

先ほどまでの人当たりの良さが嘘のような変貌ぶりに驚くも、なんとなく私は、納得もしていた。

最初に彼が私に見せた笑顔。それがどうしようもなく嘘くさいものに思えていたからだ。

それに比べれば今の冷たい表情の方がよほどしっくりくるような気がする。

「触られるのが、嫌、か」

父から聞いた、誰も閨に入れないという話を思い出す。

触られたくないのなら、当然触るのも嫌だろう。

性交なんて、『触る』の究極的行為だ。拒絶するのも分かる気がする。

「でも、それなら何故、女性を侍らせているのかな」

自分には関係ないことなのだけれど、ふと、気になった。

人に触れられたくない彼が女好きと噂され、その言葉通り、女性たちと一緒にいようとするのが不思議だったのだ。

嫌ならいっそのこと、全部を拒絶すればいいのに、彼はそれをしない。

それどころか人当たりの良さそうな態度を取り、言葉だけだけれど、受け入れる素振りさえ見せている。

「……分からない」

初めて話したジュリアン王子。彼が何を考えているのかさっぱり理解できなかった。

だけど、私が気にすることではないのだろう。

私は半年、この城に滞在するだけの存在。

婚約者候補という立場ではあっても、それは名ばかりのもの。彼に立ち入る権限はない。

「なんか、一筋縄ではいかなさそうな人だな」

先ほどの様子では、この先殆ど関わることもないだろうけど。

それでもあの「触るな」と告げた彼の表情が、なんとなく気になって、忘れることができなかった。

◇◇◇

「失礼致します。あの、殿下の新しい婚約者候補様でしょうか。私、シャロンと申します。どうぞよろしくお願いいたします」

ひとりになってしまった部屋。

父も戻ってこないようだしどうしようかと途方に暮れていると、ひとりの女官がやってきた。

黒髪黒目の優しい印象の女性。年は私と変わらないくらいだろうか。

名乗り返すと、お仕着せに身を包んだ彼女は丁寧に頭を下げた。

「プリムローズ様ですね。女官長からお部屋にご案内するよう申しつけられております」

「ありがとう。お願いするわ」

これからどうすればいいのか困っていたので、迎えに来て貰えたのは助かった。

歩きながらシャロンと話す。どうやら彼女は子爵家の令嬢のようだ。

五年前に行儀見習いとしてお城に上がったらしい。その頃から、王子の婚約者候補の世話係をしていたのだと聞き驚いた。

「五年間、ずっと婚約者候補たちの世話係をしていたの？」

「はい。それが私の役目ですから。色々な方がいらっしゃいましたよ。公爵家や侯爵家のご令嬢も。でも、皆様、結局お城を去って行かれました」

「……殿下がその……閨にすら立ち入らせないって聞いたけど」

本当のところはどうだろうと思いつつも尋ねる。

彼女は顔色ひとつ変えず、頷いた。

「その通りです。殿下は女性と話すのが好きな方ですけど、それ以上はどうも望んでいらっしゃらないみたいで。本当の意味で殿下のお心を射止めた方はこの五年間、おひとりもいらっしゃいませんでした」

「そう……」

「あ、ここが、プリムローズ様のお部屋です」

話しているうちに、部屋についたようだ。

案内された部屋は、風通しが良く明るかった。サンルームがあり、読書なども楽しめそうだ。

隣の部屋は寝室。覗いてみると、天蓋付きの巨大なベッドが置かれていた。

多分、王子が来ることを考えて作られたのだろうが……まあ、彼が訪れることはないだろう。

屋敷では子供部屋で弟たちと一緒に寝ることも多かったので、巨大なベッドを独り占めというのはちょっとドキドキした。

一通り部屋を見て回る。当たり前だが、全てにおいて私が実家で暮らしていた部屋より豪奢だった。家具は品が良く、傷などはどこにも見当たらない。ピカピカに磨き上げられている。埃なんて当然あるはずもなかった。

「素晴らしいわ」

感嘆のため息が零れる。我が家とは大違いだ。

恥ずかしい話だが、使用人が足りず、掃除が追いついていないのだ。窓枠……うっ、今年こそ大掃除ができたらいいなと思う。

一瞬、外から女性たちのはしゃぐ声が聞こえた気がした。

「？」

風を入れるために開けていた窓の側に行く。大きな窓からは中庭の様子がよく見えた。

「あ」

思わず声を上げる。

中庭には、女性たちと一緒に散歩を楽しんでいる王子の姿があった。

彼らは中庭に咲いている春の花を見ているようだ。女性の数は五人。皆とても綺麗だったが、多分身分はそう高くない。

だってもう見合った婚約者候補がいないという理由で私が駆り出されているのだ。

貴族だとしても、男爵家か子爵家か。

少なくとも王子の結婚相手として相応しいとはみなされない人たちなのだろう。

だけどこうして王子の側に侍ることで、彼に見出される可能性を狙っている。

女性たちが前を歩き、王子は後ろをにこにこ笑いながらついていっている。

傍目からは彼女たちがキャッキャとしているのを楽しんでいるように見えるのだろうが、不思議と私にはそんな風には感じられなかった。

なんだか無理をしているように見えたのだ。

それは一番下の弟が何かを無理やり我慢している時の表情とよく似ていて、だからだろうか。本当の笑顔にはどうしても思えない。

「どうしました？　プリムローズ様……って、ああ」

窓の外を見たまま動かない私に気づいたシャロンが、同じように外を見て、納得したような声を出した。

憧れが滲む声で言う。

「ジュリアン殿下ですね。ふふ、殿下、とても素敵な方ですよね」

「……まあ、そうね」

否定するのも違う気がするので、とりあえずは頷いておく。

外見が良いのは間違いないし、一応私は彼の婚約者候補としてここに来たのだから。

「ここのところ殿下は、毎日のようにお庭を散歩されていますよ。花を愛でたいというお話で」

「花を？　ふうん、うちの国の冬は長いしね。春を楽しみたいというのは分かるわ」

冬場は雪が積もることも多く、屋敷内で過ごすのが基本だ。ようやくやってきた春を肌で感じたいという気持ちは理解できる。

一定の理解を示すと、シャロンは「そうではなく」と窓の外に目を向けながら言った。

「彼女たちのことですよ。女性たちが楽しそうにはしゃいでいる姿を見るのがお好きだぞうで」

「ああ、それで、花、ね」

女性を花に例えるのは小説などの技法でもよくあることだ。

春の花ではなく、春にはしゃぐ女性を愛でているという王子をもう一度見る。

「……」

やっぱり楽しそうには見えない。

それでも私には関係のないことだ。

私はただ半年ここにいればいい。そうすれば対価として報奨金が貰える。

そういう仕事をしにきたのだ。

改めて割り切り、何食わぬ顔でしっかりと窓を閉めた。

◇◇◇

「それで、どうなさいますか？　プリムローズ様も中庭に行かれます？」

一通り部屋を検分し終わった私に、シャロンが笑顔で聞いてきた。

どうして私がと一瞬眉が中央に寄ったが、自分が彼の婚約者候補として来たことを思い出した。

婚約者候補付きの女官としては当然の提案なのだ。

少し考え、自分の目的を正直に話すことにする。

これから半年もの間、彼女にはお世話になるのだ。認識の齟齬があると、ふたりとも困ると思った。

「あのね、私、ここに来てはいるけど、殿下の婚約者になるつもりはなくて……」

城に来た経緯を説明する。

話を聞いたシャロンは驚くかと思ったが、逆に納得した顔をした。

「あー……そうなりますよね……」

「驚かないの？」

「先ほども申し上げましたでしょう？　私は今までの婚約者候補様たちを知っていますので。皆、最初は殿下のお妃になるのは私だって頑張るんですけど、途中で心が折れてしまうんですよね」

思い出すように言うシャロン。彼女は頬に手を当て、眉を下げた。

「殿下、一緒にいることは許して下さるんですけど、触れることは絶対に許可なさらなくて。婚約者候補として来たのに、殿下に侍っている身分の低い女性たちと同じような扱いしかされず、プライドを傷つけられて、中には一週間で帰った方もいます」

「……一週間」

それは早い。

「公爵家の、陛下の本命とも噂される方だったんですけどね。近づき、会話することはできても、それ以上は絶対に許されない。当然夜の訪れもなし。何のために自分が来たのかと、激怒されていました」

「……そうなるわよね」

婚約者候補として是非来てくれと言われ、意気揚々と城に上がったのに、身分の低い女性たちと同等の扱いしかされないのでは腹が立つのも当然だ。

公爵家の令嬢ならプライドも高かっただろう。それをへし折られたのだから相当ショックだったのだろうなと思う。

「それからも次から次へと殿下に相応しいとされる女性が婚約者候補としてこられましたが、皆、同じ末路を辿られました」

「その辺りは聞いていた通りね。それで私に声が掛かったって話だったんだもの」

「殿下は彼女たちを拒絶しません。でも、決定的な距離までは決して踏み込ませては下さらないのです。女性が好きというのは本当だと思います。だって、毎日女性たちと楽しそうにお話しして、次の日の約束をしていらっしゃいますから。だけどそれだけでは婚約者はいつまで経っても決まらないのです」

「……大変ね」

先ほどの彼の表情を思い出せば、女好きというのも怪しいと思うが、それは言わないでおいた。私の個人的意見でしかないのだ。決めつけはよくない。

私は事前に運び込んでもらっていた荷物を確認しながらこの話題を終わらせた。

「事情はよく分かったわ。でも、私は殿下の婚約者になるつもりはなく、約束の半年を無事過ごせればそれでいいの。あなたも理解してくれたとは思うけど、終わったあとにいただける報奨金目的なのよ」

言いながら、毛糸玉と編み棒を取り出す。赤色が綺麗な毛糸玉。

それを見たシャロンが不思議そうな顔をした。

「その毛糸玉、どうするんです？」

「どうするって、編むのよ。これで手袋かマフラーでも編もうかなって考えているわ」

「誰に？　まさか、殿下にですか？」

「そんなわけないじゃない。弟たちに、よ」

呆れながらも言う。

今、王子と関わるつもりはないと言ったばかりなのに、まさか彼への贈り物だと誤解されるとは思わなかった。

私としては、せっかく半年もの時間があるのだから、弟たちに何か防寒具を作ってあげたいと考えているのだ。

冬を少しでも快適に過ごせるように。マフラーや手袋、靴下に帽子など、そういうものが良いかなと思っていた。

私が四人の弟妹がいるという話をすると、シャロンが何故か握手を求めてきた。

「え？」

「私も、大家族の長女なんです」

「……そうなの？」

話を聞くと、彼女も私と同じように四人の弟妹がいるとのことだった。

女三人に男がひとり。

その長女として生まれた彼女は、家計の足しにするために城に奉公に来たのだとか。

「そうだったの」

「たくさん弟や妹がいるって大変ですよね。いつも一番上だからって我慢させられて。この奉公だって、お姉ちゃんだからって理由で行かされたんですよ。ま、妹たちの世話をするよりはこちらの方がマシですけど。プリムローズ様も半年だけとはいえ、せっかく自由になれるんですからもっと楽しまないといけませんよ」

真顔で窘められた。

どうやら彼女は長女であることが苦痛らしい。

彼女の口から出てくる『我慢』や『世話をするよりはマシ』という台詞からそれが窺い

知れた。

シャロンは、弟たちを世話することが嫌なのだ。

私は弟や妹たちが可愛いから世話をするのは苦ではないが、そうではない人がいることも分かっている。だから自分の考えを押しつける気は無かった。

シャロンは、私とは違う。ただ、それだけのこと。

「忠告ありがとう。でも私は自分がやりたくてやっているの。大変なこともももちろんあるけれど、弟や妹たちは可愛いから。半年もの間、会えないんだもの。せめてたくさん暖かいものを作ってあげたいって思ってるわ」

「……世話が嫌じゃないなんて、羨ましい限りです。私はいつも自分が蔑ろにされている気分でした。『お姉ちゃんだから』って言われるたびに、自分の意思を押し込められた気持ちになったんです」

「……そう。無理強いはよくないわよね」

本気で嫌そうな顔をするシャロンを見て、境遇は似ていても、嗜好や性格は全く違うのだなと改めて思った。

私は頼られることに喜びを感じるタイプだが、彼女は真逆のようだ。どちらかといえば、世話を焼いて貰いたい側のように見える。

それなのに一番上だからと言われるのは辛いだろう。

彼女の前であまり弟たちの話はしない方がいいかなと思った。

お互い嫌な気持ちにならないためには大切なこと。

特に彼女とは長く付き合わなければならないので、好き嫌いが早めに知れたのは良かったと思った。

「もしかして、毛糸編みもやらない方が良いかしら」

弟たちのために編むのだと聞いてしまったのだ。私が編み物をしているのを見て、そのことを思い出したりしないかと気になった。

だが、シャロンは首を横に振って否定した。

「それはお好きになさって下さい。私とあなたは違う。ただ、それだけのことですから」

「ありがとう」

彼女も私を尊重してくれるようだと知り、嬉しくなった。

これから半年。互いを思いやれるのならきっと上手くやれるだろう。

それが分かっただけでも良かった。

「これからよろしくね」

「こちらこそ、よろしくお願いいたします」

微笑み合う。

考え方も立場も違うけれど、きっと仲良くなれる。

その時の私は、そう信じて疑っていなかった。

◇◇◇

座り心地の良さそうな肘掛け椅子があったので、それに腰掛けてせっせと編み棒を動かす。

編み図を確認し、目の数を数えながらの作業は、決して楽なものではない。

「ええと、三つめで捻って……ここで色替え……」

初めて編み物をした時は、一色でひたすら編み進めるだけが精一杯だったが、慣れれば模様だって編み込めるようになる。

まずはと思い、妹のマフラーを編み始めたのだけれど、編み棒から編んだ部分が少しずつ伸びていく様を見て楽しくなった。

妹の好きな赤とピンクの毛糸を使って可愛いのを作りたいと思う。

「ずっと集中していらっしゃいますけど、大丈夫ですか」

一心不乱に作業を続けていると、シャロンが話し掛けてきた。

椅子の横に置かれている小さな丸テーブルには少し前、彼女が休憩してはどうかと言って淹れてくれたお茶が乗っていた。当然、冷たくなっている。

「ご、ごめんなさい。つい夢中になってしまって」

こういう単純作業は好きなのだ。特にプレゼントする相手がいるとなると張り切ってしまうし、綺麗に作ろうと必死になってしまう。

目の大きさを揃えることで、より美しい仕上がりになることを知っているので、その辺りは特に気をつけている。

同じ速度と感覚で編み続けるのがポイントだ。今のところ、良い感じに進んでいる。

「ふう」

編み棒を置く。

肩を回すと、ゴキッという鳴ってはいけない音が鳴った。

長時間、同じ姿勢を続けていたから仕方ない。せっかくだと思い、用意して貰ったお茶を飲んだ。

冷めていても美味しいのは、良い茶葉が使われているからなのだろう。

家の紅茶と全然味が違う。

「美味しい」

褒め称えたのに、睨まれてしまった。

「できれば、温かいうちに飲んでいただきたかったですね」

「ごめんなさい」

全くもってその通りなので、素直に謝る。

お茶を飲み干したタイミングで、別の女官が訪ねてきた。

夕食の時間が近づいてきたという連絡だ。どういう意味だとシャロンを見ると、彼女はお茶を片付けながら言った。

「婚約者候補は、殿下と夕食を共にすることになっているんですよ。ふたりきりで食事をすることで少しでも距離を近づけようと考えた陛下の案なのです」

「へえ……」

多少強引にでも接触の回数を増やそうという試みか。

確かにこのままだと、帰るまで王子と話す機会などないだろう。私は積極的に彼と関わりたいとは思っていないし、多分、向こうもそうだと思うから。

「なるほど。強制なのね、これ。……ええと、このままの格好でも大丈夫？」

お城に来た時の衣装なのでおかしくないとは思うが、別の服に着替えた方が良かったりするのだろうか。

シャロンが私の格好を厳しい目で確認し、口を開く。

「服装は問題ありませんが、お化粧と、あと髪は結い直しましょう。それくらいの時間はありますから。任せて下さい。私、結構得意なんですよ」

「ありがとう。お願いするわね」

好きではなくても、弟たちの世話で慣れているのだろう。

自己申告通り、彼女の腕は大したものだった。特に、髪を結い上げるのが上手い。

背中まである髪を綺麗に纏めてくれている。

「ちょっと毛先が傷んでいるのが気になりますけど……うーん、今夜はトリートメントを集中的に行いますね。あと……あ、肌が乾燥しています！　ちゃんと化粧水、使っていますか？」

「ええと……やれる範囲内で」

誤魔化《ごまか》すように言う。

本当はあまりやれていない。

弟たちの世話が忙しいのもあるし、できればお金を使いたくないからだ。

何せうちは貧乏なので。

「もう……」

上手く誤魔化せたと思ったが、シャロンにはすぐにバレてしまったようだ。

真面目に諭される。

「駄目ですよ。手入れはした分だけ、きちんと結果に出るんですから。これから半年は私がお世話させていただきますから、その先はご自分で頑張って下さいね」

「……はい」

必要ないとは言えない雰囲気に、私は首を縦に振るしかなかった。

◇◇◇

シャロンとは別の女官のあとに続き、食堂へ向かう。

王子とふたりきりでの食事だと聞いていたが、案内された場所は広く、どこもかしこもピカピカと輝いていた。

天使が果物を食べる絵が、壁に描かれている。柱には蔦模様が彫られ、まるで美術品のようだ。

天井は高く、そこから大きなシャンデリアがつり下がっていた。

鏡のように輝くロングテーブルの上には薔薇《ばら》の生花が飾ってある。席は聞いていた通り、二席だけ。

よく磨かれた銀のカトラリーが並べられていた。食事の配膳をする侍従たちがキビキビと仕事をしている。

「やあ、先ほどぶり」

どうするべきかと困っていると、ほどなくして王子もやってきた。

座るように言ってくれたので、ホッとしつつ、自席と思われる場所に向かう。

侍従がさっと椅子を引いてくれる。

使用人の数が常に足りない我が家では行われないそれに、少し驚きつつ、内心の動揺を押し隠した。

貧乏でも伯爵家の娘なのだ。

将来、嫁ぐ際に恥を掻いてはいけないと、両親がなんとかお金に都合を付けて、家庭教師を雇ってくれたので、淑女教育は受けている。

お金を掛けなければならないところはきちんと掛けようというのが両親の教えで、私もそれには全面的に賛成だ。

なんでもかんでも節約すればいいというものではない。そのせいで、なかなか借金生活から抜け出せないのだけれど、引き締めるところは引き締め、緩めるところは緩める両親を私は心から尊敬していた。

「君が城に来たのは午前中だったと思うけど、今まで何をしていたの？」

王子が話し掛けてくる。

隠すようなことでもないので正直に告げた。

「部屋の片付けをして、あとは編み物をしていました」

「編み物？」

「はい。妹にマフラーをと思いまして」

「へえ、器用なんだね」

女好きの王子なら、ここで自分にも作ってくれるかくらいは言ってくるかと思ったが、さらっと話が終わった。

興味もないし、どうでもいい女からの手作り品など要らないということなのだろう。それはその通りだと思うが、ますます女好きって本当なのかなと疑ってしまう。

前菜を食べる。次の料理が来る合間に王子がまた話し掛けてきた。

「そういえば、さ」

「はい」

婚約者候補を正式な婚約者にするつもりはなくても、それなりに交流する気はあるようだ。無視されるのは悲しいので、普通に話をしてもらえるのは有り難い。

返事をすると、彼はじっと私を見つめてきた。

「結局、来なかったなって」

「？　なんの話です？」

本当に分からなかったので尋ねる。王子はムッとしながら言った。

「俺、君に言ったよね？　中庭にいるから良かったらおいでって」

「え、その話はお断りしたと思いましたけど」

確かにそう言った記憶がある。

己の記憶を確認し、頷いていると王子が不満そうな顔をした。

「気が変わったらおいでって言ったよ」

「はあ。特に変わらなかったので……」

「窓から俺を見ていたのに？」

どうやら見られていたことに気づいていたようだ。

私に与えられた部屋は三階で距離もあったのに、視線に気づくなんて、かなり神経質な人なのだろう。

「申し訳ありません。お声が聞こえたのでつい」

「別に謝らなくて良いけど、気づいたのなら来るかなって待っていたのに」

「……」

「というか、今までの婚約者候補たちは皆、来たんだよね。だから君もって思っていたんだけど」

「一緒にしないで下さい。先ほども申し上げました通り、私は編み物に集中していましたので」

王子と正式な婚約者になりたい今までの女性たちと同じように思われたくない。

そういう気持ちが顔に出てしまったようだ。王子が私の顔を見て笑う。

「うわ、すごく嫌そうな顔。そんな顔する子、今までいなかったよ」

子を見た。
「ふふ、君変わってるね」
ポツポツ話していると、次の食事が運ばれてくる。それを美味しくいただきながら、王
「そうでしょうね」

彼は笑顔で私に接してくれていたが、やはりその顔はちっとも楽しそうではなかったし、相当無理をしているように見えた。

——楽しくないのなら、笑う必要ないのに。

我慢してまで私に付き合ってくれなくていい。だが、そういうわけにもいかないのだろう。婚約者にするつもりはなくとも、礼儀として愛想良く付き合ってくれている彼に、『要りません』と言うほど私も空気を読まない女ではなかった。

「それじゃあ、また」

「はい、お付き合いありがとうございました」

食後の紅茶を飲み終わり、王子が席を立つ。

同じようにしながら頭を下げた。

当然のように彼はひとりで食堂を出て行く。まるで清々するとでも言いたげだ。

「そんなに嫌なら、無理に付き合ってくれなくても良いんだけど」

王子がいなくなった食堂で、ずっと思っていたことを呟く。

当たり前だけれど、私の言葉に返してくれる者は誰もいなかった。

◇◇◇

「お帰りなさいませ。殿下とのお食事は如何でしたか？」

自室に帰ると、寝る準備を整えてくれていたシャロンが笑顔で私に聞いてきた。

彼女の優しい表情は癒やされるなと思いながら答える。

「どうもこうも……普通？　世間話をして、食べ終わったらじゃあさようならって感じで。それで終わりよ」

「やっぱり同じですねえ」

寝衣を抱え、シャロンが苦笑する。

「いつもそんな感じです」

「女好きのおの字もなかったけど。女好きを自負するなら、せめて『寝る前までまだ時間もある。もう少し話をしよう』くらい言って欲しいものよね」

まあ、言われたところで断るけど。

そう思いながら言うと、シャロンは楽しそうな声を上げて笑った。

「お昼の、たくさんの女性に囲まれている時の殿下ならそれくらい言いそうな感じですけどね。うーん、そうだ。婚約者候補様には誤解されたくないから言わないとか？」

「お前には興味ないぞってこと？　まあ、婚約者にしたくないのならその方が良いかもしれないけど……そのわりに食事中はちゃんと話し掛けてきたのよねえ。話さないなら話さないって決めてくれた方が楽なんだけど」

「駄目ですよ。それはマナーですから」

「なるほど」

指摘され、頷いた。

食事を楽しい雰囲気にするのも招待側の務め。そう言われれば納得だ。

無礼にならない程度に会話を盛り上げる。だけど終われば知らない。

婚約者候補に対し、態度が徹底している。彼の、結婚したくないという気持ちがとてもよく伝わってくるなと思った。

王子である以上、それは許されないのだけれど。

とはいえ、彼のことが必要以上に気になるわけでもないので、これ以上考えるのは止めにする。時間の無駄だからだ。

部屋に備え付けられていた広いお風呂を使い、寝る準備をする。

髪を乾かそうとすると、シャロンが待ち構えていて、見たことのないオイルを使って髪を整えてくれた。

「このヘアオイルは髪のダメージを修復してくれるだけでなく、さらさらの指通りになるんですよ。それに良い匂いがするでしょう?」

黄色いヘアオイルを塗りながら説明してくれるシャロンに頷く。

確かにヘアオイルからはとても良い匂いがしていた。複数の花の香りと、あとはベルガモット。

「とても素敵な香りね」

「ええ、私が今一番気に入っているヘアオイルです。公爵家のお嬢様もお使いになっているんですよ。宜しければ品名をお教えしましょうか?」

「いいわ。うち、貧乏なの。買える気がしないから」

素敵だなとは思うが、試しに聞いたヘアオイルの価格は、とてもではないが続けて使用できるものではなかった。

一回買うだけならできても、継続使用はできない。それでは意味がないと思うのだ。

「ごめんなさい。せっかく教えてくれたのに」

「良いんですよ。うちの実家も同じようなものですから。でも、うちは子爵家ですけど、プリムローズ様の境遇と、すごく似ているなって思います。たくさん弟妹がいるのもそうだし、貧乏なのも同じ」

「そういえばそうね」

言われてみればと頷くと、シャロンは「でも」と言った。

「プリムローズ様は伯爵家のご出身で、殿下の婚約者候補になれるんですもの。やっぱり私とは違いますよねえ」

「……」

どこかがっかりしたように告げるシャロン。その声の響きだけで彼女が王子を慕っているのを感じた。

私からしてみれば、何を考えているのかよく分からない王子だが、シャロンにとってはきっと違うのだろう。

「……私も、殿下の婚約者候補になりたかったなあ」

憧れが籠もった響きに気づいた私は、「別に何もいいことはないわよ」とは言わないでおいた。

たとえ相手がよく分からない王子でも、憧れるのは自由。

私が否定するのは違うと思うからだ。

◇◇◇

城に来てから、二週間ほどが経った。

当然ながら、王子が私の部屋を訪ねてくることはない。

毎晩広いベッドでぐっすりと眠らせてもらっている。

私と彼の接点は、夕食の席だけ。

一日に一度、中身のない会話をする時だけが婚約者候補らしい時間だった。

とはいえ、彼との結婚を露ほども望んでいない私がそれを気にするはずもなく、むしろ自由時間がいっぱいで有り難いくらいだ。せっせと編み物を頑張っている。

マフラーの長さはそろそろ三十センチを超えるかというところ。

一度、どうしても気に入らなくて全部解いて編み直したのだが、それが良かったようだ。二度目の今は、良い感じで編み進めることができている。

「あ」

毛糸がなくなっていた。

次の毛糸を用意しようと椅子から立ち上がり、ふと、窓の外を見る。

今日も王子は女性たちを連れて、まるで皆に見せつけるかのように庭を歩いていたが、彼女たちの面子が変わっていることに気がついた。

「いち、に……三人？　三人、変わってる？　いつの間に……」

二週間前と明らかに違う顔が三人いた。人数自体は変わっていないので、いなくなった彼女たちはお役御免になったのだろうか。

なんとなく気になって窓の外を見ていると、新しい毛糸玉を持ったシャロンがやってきた。そうしてなんでも無いように言う。

「ああ、定期的に変わるんですよ。あそこの彼女たち。確か、最長でも一ヶ月持つか持たないか、だったと思いますけど」

「一ヶ月？　へえ、婚約者候補でなくても安泰じゃないのね……」

大変だなあと他人事のように思いながら、楽しげにしている彼らを見る。

中庭にいるのは彼らだけのようで、ずいぶんと目立っていた。

新しくやってきたと思われる女性が、嬉しそうな顔で王子に近づく。

その手を伸ばし、王子の手を握ろうとした。

「殿下。殿下も私たちと一緒に――」

「俺に触るなって言わなかった？」

女性の手が王子に触れることはなく、空を切る。

王子はさっと後ろに下がると、冷たい目をして彼女に言った。

「最初に言ったはずだよ。俺に触るなって。ルールを守れない女性には興味が無いんだ。君は今日まで。帰ってくれるかな」

「えっ……そんな……！」

女性が顔色を変え、王子に詰め寄ろうとする。だが、王子はそれを許さなかった。

「近寄らないで。――不快だよ。皆、今日は解散だ。いいね」

言い捨て、王子が皆に背を向ける。

ついさっきまでにこやかに笑っていただけに、その変貌ぶりは強烈だった。

呆然とする皆を残し、去って行く王子。そんな彼を三階の窓から見ながら、私は今の彼の方がよっぽど『らしい』というか、自然だなと感じていた。

嘘くさい笑みを張り付けているより、よほど人間味があるというか……そんな風に思ったのだ。

とはいえ、別にどうでもいいことだけれど。

だって私は半年経てば、ここを立ち去る身。

波風を立てずに過ごし、報奨金をいただく。それだけを目指しているのだから。

「……」

もう一度、王子を見る。中庭から出て行く彼の背はどこか寂しげに見えた。

それが気になるなと思いつつも、考えても仕方のないこと。

思い切るように私は部屋の窓を閉めた。

◇◇◇

「ううーん」

グッと伸びをする。

時計を見れば、夜中と言って良い時間帯。

昼間より明らかに伸びたマフラーを見て苦笑した。

お昼に王子たちのやり取りを見たあと、なんとなくモヤモヤした気持ちになった私は、それを振り払うべく編み物に集中したのだが、やりすぎてしまったようだ。

食事を除き、ほぼずっと編み物をしていた。

あまりに熱中していたせいで、シャロンがいつ部屋を出て行ったのかも覚えていない。

風呂に入れと言われて、上の空で返事をしたのが彼女と話した最後だったような気がするが……。

「ま、考えても仕方ないわね」

うん、と頷く。

根を詰めて作業をしていたので、疲れているのだろうが、軽い興奮状態にあるせいで眠れるような気がしなかった。

あと、小腹も空いてきた。自覚するともう駄目で、何か食べないとという気持ちになる。

「……そうだ！」

良いことを思いついた。

ゴソゴソと荷物を漁る。

実は城に持ち込んだ私物にはバスケットがあったのだ。

大きめのバスケットは使いやすく、おやつを入れてピクニックをするのに用いていた。

更に目当ての品を取り出し、にんまりと笑う。

これは実家で作っていた手作りのおやつだ。

おやつは数ヶ月単位で日持ちするドライフルーツで、イチジクやアプリコット、クランベリー、オレンジなどがある。

それらを適当にバスケットに入れ、これまた屋敷から持ってきていた紅茶の葉と水筒を取り出した。

編み物が終わったらお茶を飲みたいだろうと気を利かせたシャロンが、ポットにお湯を用意してくれていたのを思い出し、それを使ってお茶を淹れる。まだ熱湯と言っていい温度だ。

手持ちの水筒に注ぎ、おやつやティーカップと一緒にバスケットに入れれば準備万全。

身体も強ばっているし、軽い運動がてら、夜の散歩に繰り出そうと考えていた。

「シャロンを呼ぶのは……駄目ね。夜も遅いし、迷惑になってしまう」

いくら私付きの女官と言っても、寝ているだろう時間に起こすのは気が咎めた。

しかも理由は、眠れないから夜の散歩をするというもの。

お城の庭なら怪しい人が現れることもないし安全なので、ひとりでも良いだろう。

そう判断した。

季節は春だが、夜はまだまだ冷える。

いつも肩に掛けているロングスカーフを少し厚い生地のものにして、外に出た。

夜のお城は昼間とは全く雰囲気が違う。

寝ずの番をしている兵士に何度か声を掛けられたが、眠れないので庭を散歩しようと思っているのだと正直に告げた。物好きだという顔を隠しもせず「お気をつけて」と言われたので、絶対に外出しては駄目ということもないのだろう。

一階まで降り、回廊から外に出る。

どこに行こうか悩み、中庭ではなく、城の裏側にある庭に行くことにした。

中庭よりもかなり広く、背の高い木々が多くあり、散歩にはうってつけ。気をつけないと城の背後にある大きな森に迷い込んでしまうのだけれど、それはさすがに分かるし、自分から暗い場所に好んで行こうとは思わないので大丈夫だと思う。

夜の庭は暗かったが、明かりが灯っているので十分足下は見える。月明かりが綺麗なので怖いとも思わなかった。

「夜のお茶会なんて、素敵な響き」

自分の屋敷にいた時は、弟たちと一緒に早く寝てしまっていたので、夜更かしすることすら新鮮だ。

とはいえ、賑やかな弟たちの声がないのは寂しく、早く役目を終えて帰りたいところだけれど。

甘えた声で「姉上」と呼ばれると、心がほわっと柔らかくなって優しい気持ちが溢れてくるのだ。

弟妹のことを考えながら、庭を歩く。春の夜はやはり少しひんやりとしていて、だけどそれが妙に心地良かった。

木々に囲まれているので森林浴が楽しめる。空気が美味しい。

のんびり歩きながら、どこでお茶をしようか考える。

座れる場所があればいいなと思っていると、少し先が開けた場所になっており、白いライオンの形をした噴水が見えた。周囲が暗いので、白い噴水は周りから浮き上がっているように思える。

噴水の縁に腰掛けてのお茶会。悪くないと思った私はそちらへ向かった。

「あ……」

噴水の側まで来て、初めて人がいることに気がついた。

彼は、噴水の縁、その端っこに腰掛け、物憂げな表情で空を見上げている。

はあ、とため息を吐き、背を丸める様は、普段とは全く違い、酷く疲れているように見えた。

だけど、いつもの作られた表情とは違う。これこそが本来の彼なのだとなんとなく感じた。

「……」

じっと彼——ジュリアン王子を見つめる。ぼんやりと空を眺めている彼はまだ私に気づいていないようだ。

このまま気づかなかったことにして、この場所を離れる。

多分そうするのが正解。そう思った。

だけど、何故か立ち去りがたい。それはきっと、彼があまりにも寂しそうな顔をしていたからだろう。

憂いの表情を浮かべた彼は、どうして今まで気づかなかったのかと思ってしまうくらいに疲労していて、放っておくことなんてできなかった。

唇を噛みしめる。

怒られる覚悟を決め、声を掛けた。

「ジュリアン殿下」

「えっ……」

我に返ったような顔でこちらを向く王子。

咄嗟《とっさ》のことで、表情を作れなかったのだろう。まるで子供のような邪気のない顔だ。そういう顔もできるのだなと思いながら、私はスタスタと彼の元に歩いていった。動揺を隠せないのか、王子が上ずった声で言う。

「ど、どうして君がここに？」

そうして、ハッとしたように慌てて笑みを浮かべた。

だけど先ほどの物憂げな顔を見たあとでは、わざとらしい……いや、無理をしていると実感してしまうだけだ。

そんな顔はさせたくない。だから私は言った。

「無理しなくていいですよ。疲れているのでしょう？」

「え……」

「無理して笑わなくても大丈夫だって言ってます」

「……なんで？」

私の言葉を聞いた王子の顔が強ばる。

彼は警戒心も露わに私を見つめてきた。そんな彼に言う。

「なんでも何も、少し観察すれば誰でも分かりますよ。あなたがいつも無理して笑ってるってことは。だって殿下、何も楽しくなんてないでしょう？　私、知ってるんです。人が本当に楽しい時、どんな顔をするのか。それとあなたが浮かべるものは全然違う」

計算され尽くした笑みは美しいのかもしれないが、中身が伴っていないのでは意味がない。

そんなの全然良いとは思わない。そんなものを見せられるくらいなら、先ほどの疲れた顔の方が百倍マシだ。だってあの顔は本当だったと思うから。

王子が驚いた顔で私を見てくる。

その目を見返し……酷い隈があることに気がついた。

思わずその隈に手を伸ばす。だが、それは呆気なく振り払われた。

「俺に触るなって言ったよね。もう忘れちゃった？」

人を拒絶する、凍えるような声。

だけど私はそれを怖いとは思わなかった。

だって彼の声がわずかではあったけれど震えていたように感じたから。

強がっているだけ。そんな風に思えた。

——まるで小さな子供みたい。

癇癪《かんしゃく》を起こした弟が睨み付けてくる時とよく似ている。

あと……そうだ。警戒心の強い野良犬とも被るところがあるかもしれない。

そう思うと、むしろ笑いが零れてしまう。

私は微笑みながら彼に言った。

「はいはい、申し訳ありません。触られたくないんですよね。気をつけます」

「……その言い方。もしかして馬鹿にしてる？」

ギロリと睨んでくるがやっぱり怖くない。

私はすっかり弟を相手にしている時のような気持ちで言った。

「まさか、そんな。嫌なことをしようとして悪かったなと反省していますよ」

「……そんなこと言って、どうせ嘘だって知ってる。だって皆、俺に触りたがる。君だってこれで二回目じゃないか」

「肩についていたゴミを取ろうとしたのと、目の下の隈が酷いなって思っただけの二回ですね。殿下は信じられないかもしれませんけど、私にあなたとどうこうなろうという気はありませんよ。……先ほどは怖がらせてしまって申し訳ありませんでした」

謝りながら、私は持っていたバスケットを噴水の縁に置いた。

王子が動揺を隠しきれない声で言う。

「お、俺は怖がってなんて……」

図星を突かれたという声に苦笑する。

さすがにそれ以上は言わない。プライドに障るだろうし、そこまで立ち入られたくないだろうと思うから。

バスケットからおやつのドライフルーツを取り出し、ついでに水筒に入れていた紅茶をティーカップに注いだ。

　手際良く準備を整え、王子を見る。

　私が何をしているのか、不審げにしていた彼に言った。

「はい。お茶の用意ができましたよ。疲れた時は甘いお茶がいいって知ってますか？　これ、蜂蜜紅茶です。あと、自家製のドライフルーツをお茶請けにどうぞ。私は帰りますから、ひとりでゆっくり過ごして下さいね」

「え？」

　何を言われたのか分からないという顔をする王子。

　そんな彼に私は言った。

「ずいぶんとお疲れのご様子に見えたので。そういう時は、夜のお茶会です。あ、これ、私が食べようと思っていたものなので質素なのは目を瞑って下さい。毒は入っていませんが、危険だと思うなら捨てて貰ってももちろん構いません。良かったらどうぞというだけなので」

「……」

「そういうわけですので、では、失礼しますね」

「え、あ、ちょっと……」

　引き留める王子を無視し、踵《きびす》を返す。

一度も後ろを振り返ることなく、部屋に戻った。

王子はずいぶんと疲れた様子だった。くたびれていたと言っても良い。

そんな彼が私を見て、無理やり笑みを浮かべてきたのだ。

どう考えても、私は邪魔だ。そう思った。

今、彼に必要なのはひとりでゆっくり過ごす時間。そのお供に甘いおやつとお茶があれば、少しは心が癒やされるのではないか。そんな風に考えたのだ。

自室に戻り、寝衣に着替えながら頷く。

「疲れた時はひとりになりたいよね」

私がいたってきっと彼は落ち着けない。ずっと気を張って、あの張り付けたような笑みを浮かべ続けるだけだ。

それが分かったから、私はあの場所を離れるという決断をした。

警戒心の強い野良犬が、少しでも落ち着けるように。

怖いのに強がる弟と同じ顔をしていた彼が、素顔で息を吐けるように。

私のしたことは単なる自己満足だけれど、その自己満足で、彼が少しでも楽になるのなら嬉しいなあと思った。

◇◇◇

次の日、私はいつも通り、編み物に没頭していた。

昨日の夜のことなどすっかり忘れていた。

基本私は、寝て起きれば全てをリセットできてしまうタイプなのだ。

今の私の興味は、マフラーの模様をどうするか。

妹のものなので、できれば可愛らしく仕上げてあげたい。それに尽きた。

「うーん……もう少し可愛い模様を編み込みたい……」

編み上がってきた模様を確認しつつも唸る。

マフラーにはよくある菱形の模様が見え始めていた。初めはこの模様が可愛いと思っていた私だったが、あまりにも定番すぎるのではないか。もっと可愛らしい模様に変えた方が妹は喜ぶのではないかと悩んでいたのだ。

しかし、可愛らしい模様といっても、すぐには思いつかない。

編み物の本を見てみればと思っても、すでに読み尽くしたものしかないのだ。

新しい刺激が欲しい私には物足りない。一体どうしたものか……そう考え、ふと思いついた。

「そうだ、図書室！」

父が管理を任されている城内にある図書室。あそこになら私の知らない編み方が載った本も置いてあるのではないだろうか。

早速シャロンに尋ねる。図書室にある本を借りても大丈夫かと聞くと、彼女はあっさりと頷いた。

「はい、大丈夫ですよ。ご自由にどうぞ」

「ありがとう。それなら早速行ってくるわね！」

了承が貰えたので、大喜びで準備して出掛ける。

行く場所が分かっているので、シャロンもついてこようとはしなかった。

王城の図書室は別棟にあるのだが、特に迷うことなく辿り着いた。

一階にある大きな扉を開く。

「おや、プリムじゃないか」

中に入り、キョロキョロしていると、如何にも司書という格好をした父が姿を見せた。

私がいるのが意外なのか、目を丸くしている。

「どうしたんだい。こんなところにきて」

「えっと、編み物の本を探していて……」

「ああ」

なるほど、と父がひとつ頷く。

私が冬に向けて編み物をするのはほぼ毎年の恒例となっているので、『いつもの』と分かったのだろう。

柔らかい表情で尋ねてくる。

「今度は何を作るのかな」

「まずはアマリリスにマフラーをと思って。あの子、可愛いものが好きだからできるだけ可愛く仕上げてあげたいんですけど、手持ちの本に参考になるものがなくて」

アマリリスというのは、私の妹のひとりだ。

年は私のふたつ下。

可愛いものに目がなくて、いつも自分のお眼鏡に適う可愛いものを探している。

アマリリスの名前を出すと、父も苦笑した。

「ああ、あの子は可愛いものが大好きだからね。編み物の本なら、二階の右奥の辺りにあったと思うよ。ここには国で発刊された全ての本が集まっている。色々珍しいものもあるだろう。ゆっくりしていきなさい」

「ありがとう、お父様」

「借りたいのなら、三冊までだ。決めたら持っておいで。あと、今日はまだ誰も来ていないから、気兼ねする必要はないからね」

もう一度父にお礼を言い、図書室の中に入る。

図書室といっても、王室のそれは、図書館と呼んでいいくらいの大きさを誇っている。

入り口は吹き抜けになっていて、図書室自体は二階層。

半円形で、とても美しい。

階段を使い、二階に上がる。言われた通りの場所を探すと、確かに編み物の本がずらりと並んでいた。

ひとつの棚が全部、編み物関連だ。

こんなにたくさんの種類の本を見たことがなかったので驚いた。

手に取り、中を確認する。知らない編み方が載っている頁を見つけ、夢中で読んだ。

「……すごい。参考になるわ」

どれもこれも私が今欲しいと思っていたもので、選べない。

それでもなんとか五冊ほどに絞り、近くにあった読書用と思われる机に本を置いた。

あと二冊、減らさなければ。

父は三冊までしか貸し出しはできないと言っていた。

「……どれにしようかしら」

本を確認しながら呟く。

花の模様の編み方が載っている本をまずは確認する。これは絶対に外せない。妹は花が好きなのだ。マフラーに花模様があればきっと喜ぶと確信できる。

「あとは……これも……」

技術系が細かく載っている本も外せない。

この本には今まで知らなかった編み方のコツなどが記されており、読めばかなり参考になるのが分かったからだ。

「うーん、うーん」

五冊を並べる。

どれもこれも外せないポイントがあり、なかなか選べない。

もうこうなったら、適当に三冊選んで、あとは後日に……そう考えていた時、誰かが近づいてくるような足音が聞こえた。

私が自由に来られるくらいなのだ。誰が来たって不思議ではない。

だけど、同じコーナーに用事があるのだろうか。

どんな人物がやってきたのか気になり、なんとなく顔を上げた。

「あ……」

「……やあ」

やってきたのは、なんとも複雑そうな顔をした王子だった。

彼は手にバスケットを持っている。

昨夜、私が置いていったバスケットだ。

「それ……」

「これ、君の私物だよね？　捨てるのも申し訳ないから持ってきたんだ」

「……ありがとうございます」

好きにしてくれと渡した手前、捨てられても文句を言うつもりはなかったが、返してくれるのは助かる。

ホッとしつつ受け取ると、王子は私が読んでいた本に目を向けた。

「……編み物の本?」

「あ、はい。新しい編み方を勉強したくて」

「ふうん。だから部屋にいなかったんだ」

どうやら王子は、私の部屋にバスケットを返しに来てくれていたらしい。

彼は私から視線を逸らしながら言った。

「君の女官に図書室に行ったって聞いたからこっちに来たんだ。女官に預けても良かったんだけど……その、直接お礼が言いたくて。……ありがとう。お茶、美味しかったよ。ドライフルーツも」

「っ！　いえ……」

まさかお礼を言われるとは思わなかったので驚いた。

余計なことをしたと怒られるかもしれないと思っていたのに。

それによく見れば、ティーカップや水筒を洗ってくれている。

しかも、クッキーらしき包みが中に入っていた。もしかしなくてもこれは。

「これ……」

「君のお茶菓子を食べてしまったから、そのお詫びとお礼。……多分、美味しいんじゃないかな。王都で人気だっていう店で買ったから」

「ありがとうございます」

お返しを期待していたわけではなかったが、嬉しかった。

思わず笑みを浮かべると、王子は「うっ」と顔を赤くし、「勘違いしないでよ」と口元を押さえながら言った。

「そ、それは単なるお礼で、それ以上の意味はないから。あんなもので俺の気が引けるとは思わないで」

「大丈夫です。昨夜も言った通り、気を引く予定なんて全くありませんので。大体私、半年が経ったら帰るんですから」

「それ、どういうこと？」

怪訝な顔をされ、不思議に思いながらも説明する。

私に王子の妻になろうなんて気持ちはないこと。

半年の約束で来ているだけなので、それが終わったら屋敷に帰ることなどを話した。

「報奨金が頂けるという話なので、何があっても予定の半年は頑張りたいと思っていますけど。それ以上の気持ちはありません」

「何それ。君、俺の妃になりたいんじゃないの……」

「いいえ。欲しいのは報奨金です。そもそもうちは伯爵家といってもかなり貧乏なので、殿下と釣り合いが取れません。万が一、なんてことになっても苦労するのは目に見えています。ですから、最初からお妃に、なんて思っていませんよ」

はっきりと告げると、王子はポカンとした顔をした。

まさか妃になるつもりがない女が来るとは思っていなかったのだろう。

その気持ちは分からなくもない。だが、それも王子が色んな候補者たちとの話を片っ端からぶった切ってきたせいなのだ。

お陰で本来なら回ってくるはずのない私にまで話が来てしまった。

とにかく王子に誰か相手をと焦る国王や宰相たちの気持ちも理解できるが、私を寄越してどうするというのが正直なところである。

まあ良いけど。約束の報奨金を貰えるのなら、私は私の仕事をこなすだけだ。

「じゃ、じゃあさ……」

「？　なんですか？」

いまだ衝撃を受けている様子の王子を見る。彼は動揺しつつも私に言った。

「どうして、昨日、あんなことをしたの。気を引くつもりもないのに、俺に優しくしてさ。

意味が分からない」

あんなこと、というのはお茶会のことだろう。

私は頷き、彼に言った。

「理由は簡単ですよ。あなたが酷く疲れているように見えたから。それだけです」

「それだけ?」

「はい。他に何か要ります? 疲れている人を見たら労ってあげたいって、普通のことだと思いますけど」

言いながら、散らかしていた本を片付ける。五冊のうち、適当に二冊を取り、本棚に戻した。こうなったらランダムだ。残った本を借りることにする。

返してもらったバスケットを腕に掛け、本を持つ。

王子に向かって頭を下げた。

「それでは私はこれで。殿下、バスケットを返して下さってありがとうございました。あと、クッキーも。余計なお世話かもしれませんが、よく眠って下さいね。寝不足は万病の元ですよ」

本当に余計なお世話だなと思いながらも告げる。

何も言わない王子をその場に残し、私は図書室の入り口へと向かった。

父に貸し出しの手続きをしてもらい、部屋に戻る。

借りた本を見て、にっこりした。

「さて、どれから読もうかな」

すでに心は、マフラーの模様をどうしようかということでいっぱいだ。

王子？　別に、なんとも。

だって何も特別なことをしたわけではないのだから。

彼に言った通り、疲れている人がいたから、自分が良いと思ったことをした。ただそれだけ。

だから私は貰ったクッキーのことは覚えていたけれど、図書室に残された王子が何を考えていたかなんて、全く気にも留めていなかった。

◇◇◇

「変な子だな……」

残された図書室で、息を吐く。

まさかまた、ひとりで置いていかれるとは思わなかった。

彼女が去ったあとの机を指でなぞる。どこか甘く、痺れるような感覚がして苦笑した。

昨夜も彼女はお茶の用意だけして、「それでは」と笑い、こちらを一瞥もせず去って行ったのだ。

その様には潔ささえ感じて、しばらく俺は動くことすらできなかったのだけれど、冷静になれば、どうしてこんなことになったと頭を抱えたくもなった。


——俺は、人が嫌いだ。

幼い時に、信じていた人に裏切られ、その後も何度か嫌なことが重なり、ついには人を信じられなくなった。

とはいえ、一国の王子がそれでは許されないし、俺にだってプライドはある。

人が嫌いだなんて弱み以外の何ものでもない。誰にも知られたくないから、それを隠し、気づいたら今のようになっていた。

でもそれでいい。

弱みを知られる方がよほど嫌だと思うからだ。

でも、疲れる。

笑いたくもないのににこにことするのは酷く骨が折れるのだ。

必死で強がっているうちに、誰にも本当の自分を見せられなくなって、気づけば夜、ひとりで庭を彷徨う時だけが、唯一、自身を晒せる時間になった。

そうして、ひとりで夜の月を眺めていた時、彼女が現れた。

名前は確か、プリムローズ・クレイブマートル。

伯爵家の令嬢で、今回の俺の婚約者候補だ。

愛らしい容姿をしているとは思うが、取り立てて美人だとも思わない。

軽く会話を交わすくらいなら良いが、今までの婚約者候補たちと同様、俺に立ち入ってくるようなら許さない。そんな風に考えていたのだけれど。

彼女は一度も自分から接触してくることはなかった。

初めて会った時に、肩に糸くずがついていると親切心で触れようとしたことはあったが、それ以来一度も安易に俺に近づいてこなかった。

だからまあ、それならそれでいいと思っていたのだけれど。

昨夜、どうしようもなく疲れ果てていた俺に、彼女はなんの打算もなく親切にしてくれた。

お茶とお菓子を用意し、自分は邪魔だろうとさっさと帰ったのだ。

あんなこと、今まで一度もされた経験がなかったから驚いた。

女の子たちが俺に優しくするのは、俺の妃になりたいからだ。俺に見初められて、王子の妃という地位に上りたい。裏のある優しさなのだ。

だけど彼女は違った。

ただ、俺を労ってくれた。疲れているだろうと俺の気持ちに寄り添ってくれた。

俺のことを考えて、ひとりにしてくれた。

裏のない優しさに俺は戸惑い、だけどそれが決して不快ではなくて、だから今日、バスケットを返すという口実で彼女に会いに来てしまった。

昨夜の彼女は夜に見た幻だったのか。それとも、そうではなかったのか。

結果は見ての通りだ。

彼女は露ほども俺と結婚したいなんて思っていなかった。

疲れた人を労るのは当然のことだから、そうしただけと言ってのけた。

それを俺はどこまで信じればいいのだろう。信じても……良いのだろうか。

今まで何度も裏切られた経験があるからこそ、新しい一歩が踏み出せない。

「……」

「殿下?」

「?　ああ、君か」

ぼんやりしていると、声を掛けられた。

声の主はクレイブマートル伯爵。

プリムローズの父親で、この図書室の管理を任されている人物だ。温和な性格で、彼と話すのは苦にならない。

確か父も宰相も、彼のことを気に入っていた。

「珍しいですね。殿下がここにいらっしゃるなんて」

「まあ、たまには」

「今まで娘もここにいたんですよ。お会いになりましたか？」

「え、ああ……うん」

歯切れの悪い答えになった。

クレイブマートル伯爵を見る。

彼は実直な男で、皆が嫌がる出世とはかけ離れた図書室の管理を喜んで務めるような人物だ。

だから、彼のような人が娘を俺の婚約者候補に出してくるとは思わなかったのだけれど。

「なんですか？」

「いや。君が娘を俺の婚約者候補に出してくるとは思わなかったなって」

「ああ、その話ですか」

正直に思ったことを告げると、クレイブマートル伯爵は苦笑した。そうして内緒話をするように言う。

「これ、秘密にして下さいね。あなたのお父様と宰相に脅されたんです。お前にも娘がいただろう。出せ、と、そりゃあもうものすごい剣幕で、断りきれませんでした」

「……そう、なんだ」

父と宰相が犯人だと渋い顔で言う彼を見つめる。

「殿下がさっさとお相手を決めて下されば、私も娘を出さずにすんだんですけどね。まあ、半年の辛抱ですから。娘もそう割り切ってここにいます。殿下にご迷惑を掛けることはないと思いますので、お手柔らかにお願いしますね」

「……」

娘のことを話すクレイブマートル伯爵を見つめる。

割り切って、ここにいる。

確かに先ほど彼女も報奨金が欲しくているだけだと言っていた。

その言葉と今の彼の話に矛盾はない。

彼女は徹頭徹尾、お金のためだけにここにいるのだ。

俺なんてどうでもいい。

だけど、そのどうでもいい俺のために、お茶とお菓子を分けてくれる。

そういう子なのだ。

「……」

少し、自分の中の感情が変化したような気がした。

彼女の昨日の行為は、珍しいものではなくて、きっとあそこにいたのが俺でなかったとしても、彼女は同じようにしたのだろう。

俺だからしたわけではない。

「……ふうん」

「殿下？」

少し面白くないかもと思ってしまった。

俺目当てではないと確信できたのは良かったけれど、俺でなくても良かったというのが引っかかったのだ。

自分でもよく分からない感覚に戸惑う。

だけど、悪くない。

少しだけど、彼女に興味が出てきたように思う。

俺のことを要らない彼女がなんとなく気になる。

この気になる感情をどうするべきか、まだ答えは出ないし、出す気も無いけれど、少なくとも悪い気分ではないと思った。

第二章　私、長女なので

お城にやってきて、一ヶ月が過ぎた。

最近、王子がおかしい。

いや、おかしいというか、行動自体はいつも通りなのだけれど、やたらと視線が合う気がするのだ。

たとえば廊下を歩いている時。

向こうから、女の子を引き連れた王子が歩いてくるとする。

そういう時、私は廊下の端に寄って、頭を下げるわけだ。彼らはそんな私を無視し、去って行く……というのが今までだったのだけれど、最近は、頭を下げている時に、やたらと視線を感じるようになった。

じっと観察されているような、何か言いたげな、そんな不躾な視線。

こちらとしては何か言われるのかと身構えるのだけれど、結局王子は何も言わず、立ち去ってしまう。

なんなんだ、と思ったのは一回や二回の話ではない。

またある時は、中庭で。

キャッキャと中庭を散歩する王子たち。

声が大きいので、窓を開けていると、部屋まで音が聞こえてしまう。そうするとこちらも気になり、相変わらずだなあと窓から外を見ることになるのだが……そこで何故か、バチッと王子と視線が合う。

「……」

距離があるので何か話すわけではない。

だけど明らかに目が合っている。そしてそうなると、私の方から逸らすのは失礼かなと思うわけで。

結果、結構な長時間、彼と見つめ合うことになってしまう。

三階と中庭で。

正直、なんなんだこれと思うし、自意識過剰。目が合ったなんて気のせいと考えたいが、かれこれもう五回以上続いているのだ。

気のせいで片付けられるレベルではない。

用事があるのなら言えば良い。夕食は一緒に食べているのだ。その時にでも話してくれればと思うのに、何も言ってくれない……というか、一度聞いてみたのだけれど「別に何もないけど。偶然だよね」と返されてしまい、それ以上追及しにくくなったのだ。

何もないのなら、どうしてこんなにも視線を感じる。

言いたいことがあるから私を見ているのではないか。そう思うのだけれど、本人に否定されてしまえば、それ以上は言えない。

困るなと思うが、最近そんな彼が、こちらをしきりと気にするワンコに思えてきた。

ほら、あれだ。

ちょっとこちらに慣れてきて、だけどプライドが邪魔するからチラチラ様子を見るだけのワンコ。

想像してみると、思いのほか嵌まった。

なるほど、ワンコか。ワンコなら仕方ない。

そのうち飽きて、この無駄な行為も止めるだろう。そう思い、放っておくことにした。

シャロンは王子がこちらを向くのが嬉しいのか、キャッキャとしている。

まあ、彼女が楽しいのならそれはそれでいいか。

王子の不審な行動が気になるものの、それ以外に問題は無い。

「何なの、一体……」

編み物は妹が気に入りそうな模様が見つかり、満足な仕上がりになりそうだし、借りてきた本はどれも面白かった。

つまり、私は日々を十分楽しく暮らしているのだ。

だけどそんな毎日にも変化は訪れる。

とある日のこと。

その夜は満月で、とても空が綺麗だった。

いつも通り夜遅くまで編み物に集中していた私は、空に浮かび上がる満月に気づき、目を細めた。

「綺麗」

銀色に輝く月に誘われる。

椅子から立ち上がり、窓を開けた。夜特有のひんやりした空気が漂ってくる。

肩がバキバキに凝っていることに気づき、腕を回した。

「痛い……」

編み物は好きだが、どうしたって肩は凝る。

酷い時には頭痛までしてくるので、頻繁に休憩を取るようにしているのだが、今日はやりすぎてしまったようだ。

「うーん……」

強ばった身体のまま寝るのは、あまりよくない。

お風呂にもう一回浸かるかとも考えたが、すでにお湯は抜いている。シャロンを呼び出してお願いするには、時間が遅すぎた。

緊急時ならそれでも呼ぶだろうが、これは単なる私の我儘《わがまま》。

どうしようか考え、前回失敗した夜のお茶会を再度試してみるのはどうかと思いついた。

前回。

お茶会をしようと思った場所で王子を見つけ、結果、何もすることなく帰ってきてしまったあの時のことである。

「うん、リベンジというのも悪くないわね」

少し身体を動かしたいという気持ちもある。早速私は準備を始めた。

お湯はシャロンが毎日用意してくれているのでたっぷりある。前回、結局自分では飲めなかった蜂蜜紅茶を用意し、ドライフルーツもいくつか見繕った。

これを食べると家族のことを思い出し、気持ちがほっこりするのだ。

約束の半年が終わるまで大事に食べ続けよう。そう思っていた。

王子から返してもらったバスケットに水筒とドライフルーツを入れ、ロングスカーフを羽織って外に出る。

やはり兵士たちに怪訝な顔をされたが、前回と同じように「散歩に」と答えると、あっさり頷いてくれた。

それだけ、王城内の治安がいいということなのだろう。

彼らの態度で危険がないのがよく分かる。

前回と同じように回廊から庭に出た。中庭ではなく、城の裏側の庭の方だ。

こちら側は人目にもつかないので、ひとりでのんびりしたい時にはとてもいい。

中庭はどうしても誰かに見られてしまうから。

「夜のお茶会なんて、誰かに見られたいものでもないしね」

てくてくと歩きながら、前回とは違う道を行くことにする。

あの噴水がある場所はお茶会にとても良かったが、また先客がいたらと思ったのだ。

さすがにないとは思うけど、もしあの場所が彼の憩いのスペースだったとしたら、邪魔をしてしまうことになる。

別に場所なんてどこでも構わないので、他に良いところを見つけようと思っていた。

「へえ……こんなところに四阿《あずまや》があるのね」

前回とは違う道を歩いていると、四阿を見つけた。背の高い木々に囲まれた四阿はなんというか、とても風情がある。

白い四阿は月の光でほんのり輝いているように見えた。

四阿の中には誰もいない。中は三人ほどが腰掛けられるようになっていた。

「ここにしよう」

座って、月を眺めながらお茶会をする。

贅沢な試みに胸が弾んだ。

いそいそと準備を整える。

温かい湯気と甘い香りに心が癒やされるような気がした。

「いただきます」

オレンジのドライフルーツをおやつに、蜂蜜紅茶を飲む。

甘く柔らかな味わいにホッとした。

砂糖を入れた時とは違う甘さが心地良い。

「美味しい～」

ほうっと息を吐く。身体から力が抜けたような気がした。月を眺め、夜風に身を浸す。

とても贅沢な時間。

夜を独り占めしているような気持ちになっていると、私が来た方向とは反対側から足音が聞こえてきた。

「誰……？」

なんとなく身構える。だけど現れた人を見て、力を抜いた。

「……ジュリアン殿下」

ふらふらと疲れた様子で歩いてきたのは、またもやジュリアン王子だったのだ。

王子は声に気づいたのか、私がいる四阿に目を向ける。その目が丸くなった。

「え、あれ……君」

「こんばんは、殿下。ええと、良い夜ですね」

そうとしか言えなかったのだけど、そう言うと王子は苦笑した。

「そうだね。とても良い夜だ。俺としてはまた君？　と言いたいところなんだけど」

「それは私の台詞ですよ。一応、殿下がいらっしゃるかもと思って、噴水の方には行かなかったんですけど」

「そう……ですか」

気遣いはしたのだとアピールすると、彼は目を瞬かせた。

「え、気にしてくれなくてもいいのに。別にいつもあそこにいるわけじゃないから。その時の気分で好きなところを歩いているんだ」

それに二回ともぶち当たってしまうとは私、なかなか運が悪いのではないだろうか。

王子がこちらにやってくる。それが意外だった。

てっきり「じゃあ」と去って行くものだとばかり思っていたから。

「何してるの？」

「え、あ、はい。月を眺めながらお茶会を」

「ひとりで？」

「はい。シャロンを起こすのも可哀想だと思ったので」

質問に答える。王子は私が持ったティーカップをじっと見つめてきた。その顔を見る。

やはり目の下の隈が酷い。

顔色も悪く、ずいぶんと消耗しているように見えた。

「そのお茶って、前に俺がもらったのと同じやつ？」

「は、はい」

蜂蜜紅茶のことを言っているのだと気づき、頷いた。

王子は少し考えたようだったが、お茶を指さし言った。

「それ、俺にもくれる？　まだある？」

「あ、ありますけど……」

驚いた、と思いながらも頷く。

まさか王子が自分からお茶を強請ってくるとは思わなかったのだ。

驚きつつもバスケットに入れていたもう一客のティーカップを取り出す。

ひとりお茶会の予定だったくせにどうして二客もティーカップを用意していたのかは聞かないで欲しい。私にもよく分からないのだから。

それでもそれが役に立ったので、結果的には良かったと思う。

「どうぞ……」

「ありがと」

私からティーカップを受け取り、王子が隣に座る。少し距離は開いていたが、近くに座るとは思わず、それについても驚いた。

だけど、と思う。

人に触れられたくない。彼はそう言っていた。

それはつまり、人と関わるのが好きではないということではないだろうか。

だとすれば、前回と同じように彼をひとりにしてあげるのが正解では？

王子が疲れているのは、顔を見ているだけでも分かる。

そんな人を更に疲れさせるような真似はしたくない。少しでも心を休められるのなら、場所を譲るべきだ。

そう思った私は彼に言った。

「ええと、私、帰りますので……」

あとはご自由に。そう言おうとしたが、不思議そうな顔をされた。

「え、どうして。まだお茶、残っているでしょ」

「それはそうなのですけど……私がいない方が良いかなと思いまして」

あまり言いたくなかったが正直に告げる。

王子は何故かムッとした様子で言った。

「何それ。俺、一度も戻って欲しいなんて言ってないけど」

「……」

ふん、とそっぽを向く王子。その耳がほんのりと赤くなっていることに気がついた。

——ええと……。

これはもしかしなくても、このままここにいろという意味だろうか。

私もお茶が残っているし、いても良いのなら急いで帰る必要もない。

「分かりました。それではご一緒させていただきますね」

「……好きにしたら」

ぶっきらぼうな言い方だったが、耳が赤いままなので全く嫌な気持ちにならなかった。

むしろあれだ。

こちらの様子をチラチラ気にするワンコ再びというやつで、ほっこりした気分になったくらいだ。

なんだろう、この王子。本当にすごく犬っぽいんだけど。

あと、末の弟と反応が似ていることが多いので、わりと何を言われても許せるというか……言葉以外が雄弁で、微笑ましいと思ってしまう。

キツい言葉の裏側に見えるものが分かりやすいのだ。

怖がっているとか、嫌がっているとか、そういうのがよく見える。

しかし——。

両手でカップを持ち、お茶を啜る王子を観察する。

よく見れば、頬はこけており、生気もない様子だ。

普段ここまで近づくことがないから分からなかったが、相当疲弊しているらしい。

前回も目の下の隈が酷かった。おそらく、一時的な疲れではないのだろう。

慢性疲労というやつだ。

慢性疲労は放っておくと、他の病気を誘発することがある。

疲労の原因を取り除き、十分な休養を取らなければ精神を病んでしまうことだってある。

万病の元と言っても良いくらい恐ろしいものなのだ。

「……」

もう一度彼を見る。

弟やワンコに似たところのある王子。彼が病気に倒れるところは見たくないなと思った。

それに、気づいているのに見過ごすことはしたくないし。

——うん。

決意を固め、口を開いた。

彼がこういうことを聞かれるのは嫌いだろうと分かっていたけど、それでも言うべきだと思ったから。

「……殿下。かなりお疲れのご様子ですね。その、ずいぶんと疲労が溜まっているようです。一度、ゆっくりお休みを取られては如何ですか？」

一応、私なりに気を遣って言ったつもりだった。

だけど、王子は気に入らなかったようで、鋭い視線を向けてくる。

「何それ。俺が疲れてるって？　そんなの君に関係ないでしょ」

突き放すような言い方に、やっぱりなと思う。

そう言われるとは思ったのだ。

だって私は彼と親しいわけではない。

そんな人間に指摘されたところで素直に受け取れるわけがないのだ。

それでも告げずにはいられなかったのだけれど。

「そう、ですね。立ち入ったことを聞いてしまって申し訳ありませんでした。今私が言ったことは忘れていただけると助かります」

嫌な気持ちにさせてしまったのなら謝るしかない。

頭を下げ、お詫びにとドライフルーツを取り出した。

これを食べて、少し気を静めてくれると良いのだけれど。

「宜しければ召し上がって下さい。本当に申し訳ありませんでした。もう二度と、私から関わったりはしませんので。それでは」

私といると不快だろうと思い、立ち上がる。

手首をパッと摑まれた。

「え……」

「だから俺、帰れなんて一言も言っていない」

手首を握られたことに驚きを隠せない。目を丸くすると、彼は慌てて手を離した。

顔を背ける。

そんな彼を凝視しながら私は言った。

「ええと、私、ここにいて、良いんですか？　その、殿下をご不快にさせたのに？」

「苛立ったのは事実だけど、それとこれとは別でしょ。……いなくなれなんて言ってないし」

「……」

拗ねたような口調に気づき、目を瞬かせた。じっと見つめていると、王子がおそるおそるという風に視線を合わせてくる。

「……何」

「い、いえ……」

「帰らないんでしょ。座ったら？」

「……そう、ですね」

隣を示され、先ほどと同じ場所に腰掛ける。

途端……なんだろう。すごく嬉しそうな気配が伝わってきた。それに気づき苦笑する。

何も言わないけど、尻尾がブンブンと揺れている感じが……。

うん、これはワンコだ。

そしてやっぱり構って欲しがりの弟と一緒だと思った。

弟は、放っておけと言うくせに、本当に放っておくと癇癪を起こすのだ。

放っておけというのは建前で、真実は側にいて欲しい寂しがり。

ごめんねと言いながら隣にいると、ホッとしたような、嬉しそうな顔をする弟を思い出し、もしかしたら彼も同じなのかもしれないと思った。

――殿下も、本当は寂しいのかな。

言葉にはしないけれど。

聞いても、そんなわけがないと言われるのは分かっていたし、認められないだろうと思うから。

黙って隣でお茶を飲む。

ほんのり甘みのある蜂蜜紅茶は、優しい味わいで、心が解れる。

しばらく無言でお茶とお菓子を楽しんでいると、王子が小声で言った。

「ねえ、なんで何も言わないの」

「何か言って欲しいんですか？」

「そういうわけじゃ、ないけどさ」

言葉を句切り、紅茶のカップの底を見つめる王子。

空っぽになったそこに、私はお茶をつぎ足した。

「どうぞ」

「ありがと……じゃなくて。俺ってさ、イメージがあるでしょ。陽気な感じの優しいキャラ。こんな風にぼんやりしたりさ、優しくしない俺なんて嫌だなって思わない？」

「別に思いませんけど」

「そんなわけないよね。だって、いつもにこにこ優しい俺だから皆が慕ってくれるって知ってる。疲れを滲ませて、笑いもしない俺なんて価値がない。分かってるんだ」

「……」

大きなため息を吐く王子を見つめる。

なんだか……大分拗らせているようだ。

「俺が本性を見せると、皆怯えて逃げる」

「本性って……あの、触るなって奴ですか？」

それくらいしか思いつかなかったので尋ねると、王子はこくりと頷いた。

「あれを見せると、大体の女性は次からは来なくなる。きっと俺のことが怖いんだろうね。俺はただ触って欲しくないからそう言っているだけなんだけどさ」

「まあ、実際怖いんじゃないですか？　いつも笑っている人が豹変したら、普通は怖いと思いますよ」

「君はそうでもなさそうだけど」

「そうですね。殿下を見ていると弟を思い出すんです。あと、懐きたいのに懐けない野良犬とか。だから怖いとか思わないですね」

本心を告げると、怪訝な顔をされた。

「何それ。俺、犬なの？　しかも野良とか……ねえ、俺、王子なんだけど」

「知ってますよ。でも、そうですね。考えてみれば、血統書付きの野良犬って珍しいですね」

「いないって。なんなんだよ、血統書付きの野良犬って。それもうただ捨てられただけじゃないか……」

意味が分からないという顔をする王子。

「俺を犬に例えるとか、本当意味不明。何、君、犬が好きなの？」

「あ、私、どちらかというと、猫派です」

「ねえ、ちょっと巫山戯《ふざけ》てんの？」

静かにキレられた。正直に話したのに解せない。

「別に巫山戯てはいませんよ。感じたままを素直にお伝えしているだけですから。でもまあ、そういうことですので、優しくして貰わなくても大丈夫です。気になりませんから。犬……じゃなかった。弟で慣れていますのでダメージは負いません」

犬は嫌かと思い、弟と言い換えた。

それなのに王子はじとっとした目で見てくる。

「あのね、犬じゃなければいいって話じゃないんだよ。それに弟って……俺、年上だよ、分かってる？　君、俺の婚約者候補だって自覚、本当にあるのかな？」

「ありますよ。半年経ったらここを出て行けば良いんですよね。もちろんそのつもりです」

笑いながら告げると、王子は今度は黙り込んだ。気になり、声を掛ける。

「殿下？」

「……君さ、本当に俺と結婚したいって思わないの？」

「思いませんね」

「……なのに、こうやって俺に付き合ってくれるんだ。暇人だね」

突き放すように言われるも気にならない。笑みを浮かべ、頷いた。

「ええ、自分でもそう思います。でも、これ私の性分みたいなものなので。なんでしょうね。私、弟妹が多くて、昔から皆の世話を焼いていたせいか、どうも人を甘やかしたり世話をしたり構うのが好きなんですよ」

幼い頃から染みついた習性はそう簡単には消えないし、自分の嗜好と合っていればなおさらだ。

多分、私は元々人の世話を焼くのが好きな性格をしていたのだろう。

それが弟妹たちの面倒を見ることで更に強化され、今もなんとなく放っておけない王子を構っている。それだけのことだ。

「だって殿下、すごく疲れているようなので。顔色は悪いし、目の下の隈は酷くなる一方だし、頬もこけて……あ、すみません」

思わず手を伸ばそうとしてしまい、拒絶される前に慌てて引っ込めた。

先ほどもう触らないと言ったばかりなのに早速手を伸ばそうとするとか自分が馬鹿すぎる。

振り払われる前に気づけて良かったと思っていると、王子が拗ねた口調で言った。

「……別に、少しくらいなら触って良いけど」

「え……」

目を大きく見開く。驚いたなんてものじゃなかった。

だって、あれだけ人に触れるなと言っていた王子が、触って良いとか……。

「えー、あの……熱、ないですか、熱」

「ないよ。君は俺のことを弟とか犬とか、そんな風に思ってるんでしょ。それならまあ、少しくらい良いかなって思っただけ」

まさかの弟、犬扱いをしていたから構わないと言われ、一瞬ポカンとした。

え、そんな理由でＯＫになるの？　よく分からない。

「ええと……あ、触らなくても大丈夫です」

よく分からないので、そういう時は断っておくことにした。なのに何故か睨まれる。

「ちょっと。俺が良いって言ってるんだよ。触りなよ」

「……えー……横暴……」

「何か言った？」

「いいえ」

ムッとした顔を向けられ、申し訳ないけれど笑いそうになった。

だって、彼の顔はそれこそ拗ねた時の弟がよくする表情と同じだったから。

精一杯勇気を出して「触って良い」と言ったのに。

そんな風に見えた。

――あー、なんか、可愛いな。

口には出さないけれど伝わってくる気持ちに、なんだか堪らなくなった私は無自覚に手を伸ばした。

その勢いのまま、頭を撫でる。

よく弟にしている動作だった。

王子の黒髪は思ったよりも柔らかい。触り心地が良くて、これは毛並みの良いワンコ……と思ってしまった。

うん、私の中の王子はやはり弟でワンコのようだ。

「え……」

よしよしと頭を撫でていると、何故か王子が硬直した。

払いのけられてはいないけれど、さすがにやりすぎだっただろうか。

「あ、すみません。お嫌でしたよね。調子に乗って申し訳ありません。いつも弟にしていたのでつい……」

「いつも……してるの？」

「え、はい。こうすると、弟は喜ぶので」

言いながら、手を退ける。途端、言われた。

「嫌じゃないから続けて」

「え」

「続けてよ。その……いつも弟にはしてるんでしょ」

「はあ……」

少し頬を染め、こちらを見てくる王子。

その様がもう、弟と被りすぎた。

「……ん」

さあ撫でろと言わんばかりに王子が頭を差し出してきた。

……駄目だ。

どうしたって弟、いや、ワンコにしか見えない。

――えー、かっわいいなあ。何これ。

ふん、と口を尖らせながらも頭を差し出してくるとか、弟属性とワンコ属性を同時に持つ王子がすごすぎる。

せっかく差し出してくれたので、この機会にと思いきり王子の頭を撫でる。

いつも弟にしているように言ってみた。

「えらいえらい。殿下はいつも頑張ってすごいですね。今日も一日、本当にご苦労様でした。殿下、えらいですよ」

語彙力の無い、ただ、雑に褒めるだけの言葉だ。

偉いと、よく頑張ったと繰り返すだけ。だけどこれを弟はとても喜ぶ。

あ、これは弟だけでなく妹たちもかな。

稚拙でも心から褒めると、皆、すごく嬉しそうな顔をするのだ。

屋敷に残してきた弟妹たちのことを思い浮かべ、同じ言葉を何度も繰り返す。

王子が掠れた声を出した。

「え……？」

「うふふ。いつも弟や妹たちにはこんな感じで接してるんです。あ、良ければ膝枕とかもしますよ？　皆に強請られてよくやってるんです」

冗談交じりに告げる。

何が良いのかは分からないが、私の膝枕は弟妹たちに大人気で、いつも取り合いとなっている。

実際、してあげたあとは皆にこにことご機嫌になるので、きっとなんらかの効果があるのだろう。よく分からないけれど。

——ま、さすがにして欲しいとは言わないよね。

頭に触れてもいいと言い出したことすら吃驚の人なのだ。それが膝枕とか……うん、嫌そうな顔をされるのが目に見えている。

とはいえ、本気に取られても困るので、冗談ですよと言っておくことは必要かもしれない。

「ええと、分かっていらっしゃるとは思いますけど、今のは冗談——」

「してよ」

「え……」

一瞬、何を言われたのか分からなかった。口にされるはずのない言葉が出てきたのだ。

それも当然だろう。

驚く私に、王子が少し頰を染めながらもはっきりと言う。

「してよ、膝枕。してくれるんでしょ」

「あ、あの……」

「何。それとも駄目なの？　君が言い出したのに？」

どう答えていいのか分からない私に、口を尖らせながら王子が言う。

こんな言い方をされれば、私が返せる言葉はひとつだけだ。

「あの、ど、どうぞ」

「うん」

ティーカップを脇に置き、王子が頭を膝に乗せてくる。

どうやら本気のようで驚きだ。

――え、え、え？　良いの、これ？

本人がいいと言っているのだから構わないのだろうが、まさかこんな展開が待っているとは思わなかったので動揺しかない。

だけど――。

——ま、良いか。

いつも弟たちにやっているのと気分は変わらない。

弟が王子になっただけのことだ。……いや、大分違うような気もするな。

どうやら自分でも思いのほか混乱しているようだが、気にしないことにする。

頭を乗せてきた王子が、少し緊張しているように見えたからだ。

自分から言い出したものの、どう振る舞って良いのか分からない。

そんな風に見え、混乱するのも馬鹿らしくなった。

私はいつも通り、私らしくあればそれでいい。

「よしよし、殿下、偉いですね。いつもお疲れ様です。殿下はとっても頑張っていらっしゃいますよ。偉い、偉い」

「……」

弟たちにしているように、頭を撫でながら語りかける。

具体的に褒めるなんてことはしない。だって、私は王子が何をしているのか知らないからだ。だけど、こうして疲れてしまった彼を見ていると、多分、もう全部がしんどいのだろうなと察することはできた。

何もかもがしんどい。それなら私は、王子の全部を肯定してみようと思う。

「偉いですよ、殿下。毎日頑張ってお仕事して。こうして夜に息抜きに出ているのも、きっと皆に心配掛けまいとしているからでしょう？　でも、もっと力を抜いて良いんですよ。少なくとも私の前では気を張らなくて大丈夫です。だって私は殿下が頑張ってるって分かってますから」

「……君が俺の何を知っているのさ」

「知りません。でも、頑張っていることだけは分かりますよ。嘘じゃありません。だって、頑張ってなかったら、そんな目の下に隈を作ったりしないでしょう？　だから、理由は分かりませんけど、私は殿下を褒めますし、肯定します。殿下は一生懸命頑張っているって。きっと、皆に見えないところで頑張っていらっしゃるんだって、そんな殿下を偉いなって心から思います」

「……」

優しく頭を撫でながら、何度も「偉い」「すごい」「頑張っている」と告げる。

最初はいちいち言い返してきた王子だったが、やがてボソボソとした声で話し始めた。

「……俺、頑張っているよね？」

おや、と思った。少し風向きが変わったなと感じたのだ。

でも、こんな言葉が出てくるということは本当に疲れているという意味でもある。

だから私は力強く肯定した。

「ええ、殿下は頑張っていらっしゃいます。毎日偉いです」

「……だよね」

「ええ」

偉いですよ～と頭をもう一撫でする。それを王子は気持ち良さそうに受け入れながら、ポツリと言った。

「俺さ、本当は人が嫌い、なんだよね」

「……」

語られた言葉には何も答えなかった。

なんとなくだけれど、返答を期待されていないことが分かったからだ。だけどその言葉には強い思いが籠もっていて、彼の本心であることがよく分かる。

人に触れられることを頑なに拒む王子。もしかしてとは思っていたけれど、やはり彼は本当は人を嫌がっていたのか。

返事をしなかったことが正解だったのだろう。王子はゆっくりと自分の思いを語り始めた。

「俺、小さい頃、すっごく頼りにしていた侍従がいてさ。本当にそいつのことが好きだったし、なんなら兄のようにさえ思ってた。信じていたんだ。向こうも俺を大事にしてくれてさ。きっといつまでも側にいてくれるんだって思い込んでいた」

「……」

何か言いたかったけど堪える。代わりに髪を撫でる力を少し強めた。

「ま、よくある話。なんとなく分かっただろ。結局それは全部嘘で、本当はそいつ、俺を殺しに来た暗殺者だったたってオチ」

あははと笑うもその声に力はない。彼はその後も別の人物に、連続して命を狙われたと語った。

「俺も幼かったからさ、一度裏切られたくらいじゃめげなくて、何度も信じ直そうとしたわけ。新たにお付きになった侍従たちもさ、優しい感じだったたし。信じても大丈夫かなって。でも、見事に全員、俺の命を狙ってくるんだよね。しかも皆、判で押したように同じことをするわけ。俺が懐いた頃を見計らって、笑顔で毒を盛った食事を出してくるんだ。あれのお陰で、俺、ずいぶんと毒の耐性がついたよ」

「……」

なんとなくだけど、彼が言っている事件が何か分かった。

『血の大粛正』

今から十七年前に起きた事件だ。

当時、王位を望んだ国王の弟が、秘密裏に王子の命を狙ったのだとか。

方法は毒殺。

最終的に王弟と、彼を支持する面々は処刑され、王子も無事だったと聞いているが、やはり本人からの話はリアリティーが違いすぎる。

「来る侍従が全員暗殺者とか思わないじゃない？　結局、それは全部叔父上のせいだったって分かったんだけどさ。俺は俺で叔父上のことも好きだったから結構ショックで。なんか、それ以来駄目なんだよ。人を信じられない。はっきり言うと、人間不信に陥っているんだ。にこにこしていても、それは表面上のもので、そのうち俺を裏切るんじゃないかって、どうしたって思ってしまう」

「……」

王子が両手で自身の目を押さえる。その声は少し震えているように思えた。

「俺が女ばっかり側に置くのは、裏切った奴らが全員男だったから。男が近くにいると、時々、当時のことがフラッシュバックするんだ。だから男は置けない。そうしているうちに、俺は男嫌いの女好きって思われるようになった」

「……」

「女好きって思われているけど、本当は女だって側に置きたくない。でも、俺は王子なんだ。弱みなんて見せたら、それこそ皆につけいられる。だから、嫌だけど噂を利用した。女好きだって思われていたら、人嫌いだってバレないと思ったから。でもさ、本当は全部嫌いだから、触れられるのは虫唾《むしず》が走る」

「……っ」

なんとなくだけど、撫でていた手を止めてしまった。

人に触れられるのは虫唾が走る。そんな言葉を聞いてしまったからだ。

これは撫で続けて大丈夫なやつだろうか。本気で悩んでいると、「なんで止めるの」とお咎めが入った。

「続けてよ。気持ち良いんだから」

「……はあ」

若干の矛盾を感じるが、本人が望んでいるのならいいか。

少し悩みはしたが、撫でるのを再開する。王子がまた話し始めた。

「俺を裏切ったのは男だからさ、女ならまだマシかなって思ったんだけど、全然そんなことないんだよね。だって女は女で、俺と結婚することしか考えてない。ライバルを蹴落とし、俺の妃の座についてって、そんなことしか考えていないんだ。誰も俺がどう思っているかなんて気にしてもいない。もう全部嫌でさ……でも、女好きを演じないといけないから、人目があるところでは頑張ってる……女の子たちの機嫌を取って、笑顔で、楽しくもないのにニコニコして」

「……」

何も言えなくて、ただ、頭を撫で続ける。王子は、はああっと特大のため息を吐いた。

自嘲するように言う。

「何が嫌ってさ、それを止めて、そうして誰もいなくなってしまったら寂しいって気がついているところだよ。俺はさ、馬鹿だから、演じてでも誰かに側にいてもらいたいって本当は思ってるんだ。だから止めない。嫌いなら全部嫌だって切り捨ててしまえればいっそ楽だったのに、寂しくなるのは嫌なんだ。本当、馬鹿。そんな中途半端な自分が嫌いで堪らない」

「……そんなことは」

ない、と言いたかったが、口を噤んだ。

とてもではないが言えるような雰囲気ではなかったからだ。

王子が己の両目を手で覆ったまま、何度も告げる。

「寂しい、ひとりは嫌だ。でも、誰も信じられない。もう疲れた。全部が全部嫌なんだ。投げ捨ててしまいたい。でも寂しい。結局俺は何もできない。今のこの生活をどうにかすることなんてできないんだ」

寂しいのは嫌だと、王子は何度も言った。

それが魂の叫びのように聞こえて、やるせない気持ちになる。

彼が心からそう思っているのが伝わってきて、もらい泣きしてしまいそうだ。

あの嘘の笑顔の裏には、こんな寂しがり屋な一面があったとか誰が思うだろう。

それは想像していたよりもずっと根深くて、辛いものだった。

何も言えなくて、ただ、撫で続ける。嫌がられたらすぐにでも止めよう。そう決意したが、彼からそれを言われることはなかった。

己の目を覆い、唇を嚙みしめる彼の頭を労るように撫でる。それがどのくらい続いたのか、自分でも分からなくなってきた頃、王子が言った。

「ねえ……」

「あ、そろそろ止めます？」

「ううん、そうじゃなくてさ」

止めろということかと手を止めそうになったが、どうやら違うようだ。王子が目を覆っていた手を退け、私を見る。

瞳が少し潤んでいるように見えたのは、きっと気のせいだろう。

王子は小さく笑い、掠れた声で言った。

「不思議だな、と思ってさ。俺、触られるの本当に嫌なのに、虫唾が走るのに、君の手は気持ち良いって素直に思える。もっと触れて貰いたいって」

力を抜いて目を閉じる。

その顔は心地よさそうで、リラックスできているように見えた。

「落ち着けるのってやっぱり、君が俺狙いじゃないって理解できているせいかな。君、本当に俺に興味がないんだもんね。前にさ、君がお茶の準備だけしてひとりで帰ったことあったじゃない。あの時さ、俺、めちゃくちゃ驚いたし、呆然としたんだよ。だってさ、まさかあの状況でひとり残されるとか、普通思わないじゃない」

「あ、駄目でしたか?」

その方が落ち着けるかなと思ってした行動だったのだが、お気に召さなかったのだろうか。彼は緩く首を横に振って否定した。

「ううん。あの時はあれで正解。ひとりにしてくれて助かったよ」

「それなら良かったです。疲れている時に人に気を遣いたくなんてないですよね」

少なくとも私はそうだ。

特に彼は他人に対し、気を抜けない性質のようだから、ひとりにしたのは正解だったみたいで良かったと思った。

「……」

「あれ?」

王子が何も言ってこないことに気がつき、彼を見た。

彼は目を閉じ、すうすうと寝息を立てている。どうやら話しているうちに眠たくなってしまったようだ。

「寝ちゃった?」

起こした方が良いのかと悩んだが、目の下の隈に再度気づいてしまい、少し寝かせておくことに決めた。

しかし、話を聞いて思ったが、想像していた以上に色々抱えている人だったようだ。

「寂しい……かあ」

王子の頭を時折撫でながら、夜空を見上げる。

己の心を吐露する王子が可哀想だと思った。

王子であるが故に、強がらざるを得ない人。本当は人が怖いのに女好きを装って、でも、誰にも触れられたくなくて、そのくせ、周囲に人がいなくなることを恐れている。

ひとりは寂しいと知っているから。

だけどその寂しさは、人に触れられない彼には埋められなくて、ずっとずっとその本心を隠して笑っている。

「……悲しいな」

王子の生き方が悲しいと思った。

手を伸ばしているのに何も掴めない彼を思うと、心臓がギュウッと締め付けられるような心地になる。

多くの人に囲まれても、どこまでも孤独な王子。偶然その本音を知ってしまった私は、何か彼にしてあげられることがあるだろうか。

そっと彼の目元に触れる。濃くなってしまった隈が、何より彼の辛さを示しているようで、なんとも言えない気持ちになった。

強がってばかりで本心を心の奥底に隠している彼。そんな彼の……たとえば、愚痴だけでも聞いてあげられればと思うのだけれど。

ひとりで抱え込んでいるよりはマシなはず。もう私は彼の本心を知っているのだから、取り繕う必要もないし、少しは息を吐ける場所になれるのではないだろうか。

「……あ、もうこんな時間」

バスケットに入れておいた時計を確認し、目を瞬かせた。

お茶会にと出てきてから、かれこれ二時間が経過している。つまり、王子が眠って一時間は余裕で過ぎているのではないだろうか。

「そろそろ起こそうかな」

気持ち良さそうに眠っている彼を起こすのは気が引けたが、これ以上帰るのが遅くなるのも良くないし、こんなところで寝ていては風邪を引いてしまう。

「殿下、殿下。起きて下さい」

驚かせないように、優しく揺さぶる。王子は眉を寄せ、「うーん」と唸ったあと目を開けた。パチッと視線が合う。

「あ、おはようございます」

「え、あ、えっ⁉」

王子が飛び起きた。

私の膝から身を起こすと目を見開き、信じられないという顔をする。

「嘘、俺、今寝てた？」

「はい。ぐっすりと。さすがに眠ってから一時間以上が経ったので、起こさせていただきました。風邪を引いてしまいますからね」

「嘘でしょ。一時間も寝てたの⁉」

驚愕する彼に、そっと時計を差し出す。それを確認した王子は「本当だ……」とこめかみを押さえながら首を左右に振った。

「寝入ったことにも気づかなかった……。え、こんなことある？　俺、子供の頃からずっと不眠症なんだけど。寝てもすぐに目が覚めるし……」

不眠症という言葉に、ある意味やはりと思う。

こんな夜中に散歩して会うなんておかしいなと思っていたが、彼は眠れない人だったのだ。

眠れず、仕方なしに人気の無い庭を歩いていたのだろう。身体を休めなければならない時に彷徨《うろつ》いているのだから、そりゃあ疲れだって取れないはずだ。

「起こされるまで、自分が寝ていたことも分からなかった。人の膝の上で熟睡できたなんて本当に信じられない……」

何度も信じられないと呟き、王子が私を見る。

「ねえ」

「はい」

「ありがとう、ね」

「え」

ごく自然に紡ぎ出された言葉に目を見開く。

王子は照れたように言った。

「ありがとう、本当に助かったよ。俺、今言ったように殆ど眠れないのが普通でさ。こんな熟睡したって感覚久しぶりでびっくりした」

それが本当に嬉しそうな顔でドキッとした。

作り物ではない笑顔。初めて見たそれは破壊力が抜群だった。

柔らかく細められた瞳。自然に上がった口角。

基本顔の作りが良いだけに、見せられた笑顔に心がざわつく。それを誤魔化すように言った。

「お、お役に立てたのなら良かったです」

実際、良かったと思っているので嘘ではないし、こんな話を聞かされたあとでは、起こして悪かったかなとすら思ってしまう。

もう少しゆっくり寝かせてあげれば良かっただろうか。

それを言うと、王子は残念そうな顔をしつつも否定した。

「さすがにこれ以上は申し訳ないよ。あの、それでさ、君さえよければなんだけど、またお願いしてもいいかな」

「え」

「だって、本当にこんなに熟睡できたのは年単位ぶりなんだ。格好悪い話だけど、疲労が溜まっているのは事実だし、できれば協力して貰えると嬉しいなって」

目を伏せて告げる王子を見る。

彼が慢性疲労に悩まされているのは、明らかだ。それを少しでも解消する手伝いができるのならと思った。

「そう、ですね」

別に構わないとそう答えようとして、彼がじっと窺うように私を見ていることに気がついた。

その様は、まさに自己主張控えめなワンコが「懐きたいです」と言っているように見えて、もう、それに気づいてしまったら、はいしか言えないと思った。

まあ、私は猫派なんだけれど。

でも――ああ、うん、認めよう。

犬も可愛いではないか。

実際は人間だし、うちの国の王子様だったりするけれど。

「良いですよ。こういうの、弟たちで慣れていますから。それで殿下が楽になるのなら協力します」

「えっ、本当に？」

「はい。殿下が倒れてしまっては困りますしね。私で宜しければ」

「っ！　ありがとう！」

パアッと顔を明るくする王子。

その顔がなんだかとても可愛く見えて、まあ仕方ないかなと苦笑した。

第三章　逃がさない

あの夜を皮切りに、王子との夜のお茶会は密やかに続けられた。

最初は数日に一回程度。今は、ほぼ毎日だろうか。

王子に強請られて、毎晩私はバスケットにお茶とお菓子の準備をして、真夜中の散歩に出掛けている。

夜のお茶会では、王子は無理をして笑わないし、言いたいことだって素直に言うようになった。

しんどい時はしんどいと言い、私に甘えてくるのだ。

グリグリとお腹に頭をぶつけてくる。子供かと思うが、そういう甘えられ方が決して嫌いではない私は、「はいはい」と笑いながら、彼の頭を撫でていた。

人を拒絶する普段の彼を知っているだけに、私に触れられることを許容する彼が信じられないのだが、多分、この時間は別枠なのだろう。

日々のしがらみを忘れることを許される時間。

癒えることのない疲れを抱えている彼には、そういう時間はとても大切だと思う。

「プリムとお茶会をするようになって、大分不眠症が改善されたような気がする」

今日も王子は私の膝に、我が物顔で頭を乗せ、膝枕を楽しんでいた。

その様子はまさに甘えたな私の末の弟であり、ついにツンデレを卒業し、素直に飼い主に懐くようになったワンコそのものであった。

私は彼の頭を労るように撫でながら言った。

「眠れないのは辛いですからね。改善されているのなら良かったです。殿下、今日もお疲れ様でした」

「……その、殿下っていうの止めてよ。ふたりきりの時だけで良いから、ジュリアンって呼んで」

ムスッとしたように王子が言う。

知り合った当初は名前を呼ぶことすらしなかった彼は、いつの頃からか、私を愛称で呼ぶようになった。

最初に『プリム』と呼ばれた時は驚いたけれど、別に嫌なわけではないので普通に返事をしている。あと、最近彼は私を名前、しかも呼び捨てで呼ばせたがるのでそれはちょっと困っていた。

いくら婚約者候補と言っても、そういうのは違うと思うのだ。

王子の名前を呼び捨てにするなど許されることではない。

だが、王子は気に入らない様子でムッと頬を膨らませている。

「別に良いでしょ。俺が構わないって言ってるんだから」

「公私混同はよくないと思いますよ、殿下」

「だから、ふたりきりの時だけで良いって言ってるのに」

ぶうぶう言う彼の頭を宥めるように撫でる。こんな風にすることにもうすっかり慣れてしまった。

当然のように甘えてくる彼を、はいはいと受け入れる。それは弟で慣れている私にはなんでもないことだったが、その相手が王子というのが変な感じだ。

手の掛かる甘えたがりの寂しがり屋。それが本当のジュリアン王子。

普段は隠している真実の彼はそんな性格をしていて、見せても良い相手だと認識した私の前では、思いきり全面に押し出してくるのだ。

あんなに人に触れられるのを嫌がっていたくせに、今では常に私に触れようとしてくる。そうして触れて、心底安堵したという顔をするのだからこちらとしては「好きにしてくれ」としか言いようがないのだ。

──あまり甘やかすのも良くないんだけどなあ。

なんと言っても世継ぎの王子だ。

甘やかしすぎるのは良くない。だけど、今までが今までだったことを知っているだけに、強くは出られない。それにこの、夜のお茶会だけでのことなのだ。

この誰も知らないお茶会でくらい彼も素を出したいだろうし、それがストレス発散や疲労回復の一因になっているのなら、喜んで協力したいと思う。

私も、人を甘やかすのは大好きだし。

いつも甘やかしていた弟妹がいないので、この城では誰かを甘やかすことができない。それが少しストレスとなっていたのだが、王子という人と会ってそのモヤモヤは解消された。

きっと、この時間を楽しんでいるのは、王子だけでなく私もなのだと思う。

そういえば彼は、あの時以来、寂しいとは言わなくなった。

多分だけれど、あの『寂しい』は本当は言うつもりのなかった言葉なのではないだろうか。

なんとなくだけどそんな気がしたので、私の方もそこは口にしないように気をつけていた。

傷口を抉るような真似はしたくない。そっとしておく必要があることというのは存在すると思う。

◇◇◇

「もう冬ですねえ」

恒例となった真夜中のお茶会。

私は温かいお茶を飲みながら、隣に座る王子に話し掛けた。

季節は移り変わり、段々と冬が近づいてきた。

肩に掛けるストールはかなり分厚いものになっている。今はまだギリギリ寒さをしのげているが、真夜中にお茶会をするにはそろそろ限界だろう。

雪が降り出すのももう直ぐだからだ。

「お茶会も終わり、ですね」

チェスナットの冬はとても厳しい。いくら防寒対策をしたところで、真夜中に出歩けるような気温ではないのだ。

だから楽しかったけれど、この辺りで。そう言おうとすると彼が言った。

「え、それなら、俺の部屋でお茶会する？　それともプリムの部屋に行こうか？」

「夜中に？　それはさすがにどうかと思いますよ。誤解されちゃいます」

笑いながら否定する。

真夜中に王子が婚約者候補の部屋に行くとか、「すわ、一大事！　ついに殿下が正式な婚約者を！」みたいな話になってしまう。

そんな誤解をされるのはごめんだし、何よりもう時間切れなのだ。

私がこのお城に来て、あと一週間で半年が経つ。

約束の半年だ。

来週になれば私は、自分の家へと帰るのである。

最初は、半年もの期間、やっていけるのかと少し不安だったが、王子と真夜中のお茶をするようになってからは、あっという間だったように思う。

編み物も、弟妹全員分、予定通り作り上げることだってできた。

私付きのシャロンは少しずつ荷物を纏め始めた私を見て残念がってくれたし、私とのお茶会を楽しみにしてくれている王子をひとり残すのは心配だったけれど、私の居場所はここではない。

私でなくとも、彼に付き添ってくれる人はいくらでもいるだろう。

離れがたいな、くらいなうちに離れるのが正しいし、季節も冬になってきたから、断りを告げるにはタイミングが良かった。

そんなことを考えていると、王子がブツブツと言う。

「俺……プリムとなら誤解されても良いんだけど。いや、誤解とかじゃなくて、本当にしても……」

「はいはい、そういうのは要りませんよ。疲れているんですからリップサービスなんてしてもらわなくて結構です。殿下、今日も頑張っていたんでしょう？　ここでくらい気を張らないで下さい。あと、一週間もすればこのお茶会も終わりなんですから、いつも通り楽しんで、終わりましょう？」

「え、どうして一週間？　寒くなるまでまだもう少しあるでしょ。それにリップサービスなんてしていない。俺は本当にプリムのことが――」

「？　気づいていらっしゃらないんですか？　私、来週でこのお城を去るんです。ちょうど半年になりますから」

「え……」

「短い間でしたけど、お世話になりました。殿下とこうしてお話しさせてもらうことができて楽しかったです」

　笑顔で告げた。

　何故か王子は愕然とした顔をして私を見ている。

「殿下？」

「え、嘘。嘘でしょ。もう半年？　まだ三ヶ月くらいじゃないの？」

「半年ですよ。私が来たのは春でしたし」

「……嘘だ」

信じられないと首を横に振る王子。どうやら私が来週帰ることに本気で気づいていなかったらしい。

王子は持っていたカップを脇に置くと、私に詰め寄ってきた。

「ねえ！」

「はい」

「本当に帰るの？」

その目が恐ろしいくらいに真剣だった。とはいえ、最初から決められていることなので、私にはこう答えるしかない。

「はい、当初の予定通りに」

「なんで！」

「なんでと申されましても……」

「ここまで俺をズブズブに甘やかしておいて、今更ひとりにするの!?　嘘でしょ」

酷い、と詰られたが、そう言われても困るのだ。

「これは最初から決まっていたことですから。荷物はすでに纏めていますし、あとは来週、退去するだけです」

きっぱりと告げる。

王子はショックを受けたような顔をして私に言った。

「プリム、本当に俺と結婚する気なんてなかったんだ」

まるで私が、男を誑かした酷い女であるかのような口振りだ。さすがに渋い顔になってしまう。

「いや、あの、私が半年で帰ること、知っていましたよね？　私、半年経ったら帰りますと宣言もしましたよね？　それを責め立てられても……」

「知っていたけど知りたくなかったんだ!!」

「はあ……」

涙目で怒鳴りつけられた。

王子は目をうるうるとさせながら「弄ばれた……」「酷い」「俺の純情を返して」とよく分からないことを呟いている。

いや、だから私は何もしていないのだけれど。

どう諭せばいいものか困り切っていると、王子がふいに座っていたベンチから立ち上がった。

勢いよく言う。

「俺、用事ができたから帰る！」

「え、あ……はい。お疲れ様でした」

あまりの勢いに押され、頷くと、彼は一度もこちらを振り返ることなく、走り去ってしまった。

いつもならする次の日の約束もない。

もしかしなくても、これが最後のお茶会だったりするのだろうか。

「……それは……寂しい、かな」

ひとり残されたベンチで呟く。つい、本音が飛び出した。

来週までまだ日はあるから、あと数回くらいはお茶会ができると思っていたのに。

それがこんな形で終わりを迎えることになるとは思いもしなくて、想像以上にショックだった。

とはいえ、互いの同意があってこそのお茶会だ。

王子がもういいと言うのなら、私に引き留める術はない。

私は無言で片付けを始めた。

夜風が肌に触れ、思わず声が出る。

「……寒い」

さっきまで、寒さなんて殆ど気にならなかったのに。

どうしてだろう、急に酷く寒いと思った。

王子が置いていったカップを手に取り、先ほどは言えなかったことを言う。

「だって仕方ないじゃない」

私は、王子の婚約者候補としてここに来ているのだから。

半年の間に手を出されなかった候補は辞し、速やかに自らの屋敷に帰る。

それが最初からの約束。

つまり、私がここに残ろうと思ったら、王子のお手つきにならないといけない。

彼に抱かれなければならないのだ。

それができないのに、残れるはずがない。今更ひとりにするのかと叫んだ彼の言葉が本心なのはよく分かっていたけれど、彼がまだ人を怖がっていることは知っている。

自慢するわけではないが、この半年の間、誰よりも彼の側にいた自負はある。

私に気を許してはくれたけれど、彼が人を完全に受け入れたわけではないことを分かっているのだ。

本当の彼は寂しがり屋で、誰よりも人の温もりを欲しがっている人と知っているから、いつか彼にも愛せる人ができればいいと思うけれど。

「まだ、それは無理よね……って、あ……」

涙が一筋流れ落ちた。

いつの間に泣いていたのだろう。何がそんなに悲しいのか、そう思ったところで、不覚にも胸が痛んでいることに気がついた。

「あ……あはは……そっか……そう、かぁ」

情けない気持ちで苦笑する。その瞬間、目尻に溜まっていた涙が更に滑り落ちた。

それを無視し、ティーカップを片付けた。

今更、本当に今更である。

「今更、殿下のことを好きになっていたことに気づくとか、馬鹿みたい」

ワンコのようだとただ彼を愛でていた日々はとっくの昔に終わっていた。

弟のようだと、優しい気持ちだけで全てを許していた時間は、気づかないうちに違うものへと変化していた。

王子が……彼のことが好きだ。

最初は確かにどうでもいいと思っていたはずなのに、意識した時にはどっぷり深い沼に嵌まっていたとか、信じられない。

だけど、だけどだ。

誰にも心を許さない人が、自分にだけ近づくことを許可し、自然な笑顔を向けてくれるのだ。

君だけが俺を癒やせるのだと嬉しそうに言われ、毎晩少なくない時間を共にし、色んなことを話してきたのだ。

あの人のホッとした顔を私だけが知っている。

触れられて、擽《くすぐ》ったそうに笑うあの表情を私以外の誰も知らない。

そんなものを毎日見せられて、自分だけが特別なのだと行動で示されて、それで好きにならないはずないではないか。

今まで気づけなかったけれど。

それは、私が心のどこかでストッパーを掛けていたからなのだろうと今は思う。

半年経てば帰らなければならないことは決まっている。最初から結末が決まっている恋なのだ。そんなものをしても意味がない。だから、無意識に気づかない振りをしたのだろうと分かっていた。

でも——。

「もう、遅いんだよね」

そう、全ては後の祭り。

私たちの細くも脆い関係はたった今終わってしまったし、きっとそれが正しいのだ。

彼と仲良くなることができた。

だけどそれは、友人とも言えないような不確かな関係でしかない。

ただ、寂しがり屋の王子様は誰かに助けて欲しかった。その手を偶然摑んだのが私だったただけのこと。

実際、お茶会は数ヶ月以上にわたり続けられたが、一度だって色めいた話にはならなかった。私たちの関係なら、そんな風になってもおかしくなかったのに。

だけど、それで良かったのだと思う。

私も彼もそんな風に相手を見なかったし、望んでいなかった。

だからこのまま何事もなく、城を去る。それがきっとどちらにとってもベストな選択なのだと思う。

「好き、でした」

始まる前から終わってしまった恋心を抱え、夜空に向かって告げる。

もっと早くに気づけていれば何かが変わったかもと思うも、人が嫌いな彼相手にそれは難しいし、高望みが過ぎる。

この恋が叶う可能性なんてないのだ。いくら笑顔を向けてくれるようになろうと、それは恋ではない。ただの親しい人に向ける自然な笑みだ。勘違いしてはいけない。

つまりは始まりようがなかった。それが答えだ。

「仕方ない、よね」

自覚したばかりの恋心は痛みを訴えるけれど、無視するしかない。

いつか時が忘れさせてくれるだろう。そう思い、私はその場を立ち去った。

◇◇◇

真夜中の、あの最後のお茶会から一週間が経った。

明日になれば私は、この城を発つ。

あれから王子とは食事時以外顔を合わせていない。せめてと思い、何度か話し掛けてみたが、ずっと何かを考えている様子で、私のことには気づいていないようだった。

今日もそれは同じ。

それこそ、明日には帰るのだからと思い、勇気を出して声を掛けてみたものの「ごめん、用事があるんだ」と、食事もそこそこに離席されてしまった。

申し訳なさそうな顔をしていたので、私を嫌って……というわけではなさそうだけれど、きちんと別れが言えなかったのは心残りだ。

もう会うこともないのだから、さようならくらい言いたかったのに。

最後の荷造りを終える。

結局、夜中まで掛かってしまったけれど、荷物はなんとか全て纏め終わった。弟妹たちに作ったマフラーや手袋も手荷物に入れたし、忘れ物はなさそうだ。

荷造りを手伝ってくれたシャロンが残念そうに言う。

「明日でプリムローズ様は、帰ってしまわれるんですよね」

「ええ、そういう約束だから」

「すごく残念です。年も近いし、一緒にいて楽しかったので」

「ありがとう。私もシャロンと知り合えて良かったと思っているわ」

彼女と握手を交わす。

シャロンは城の女官なので、この先もここに残る。またしばらくすれば別の婚約者候補が送られてくるだろうから、その担当をするのかもしれない。

「あなたがいてくれたお陰で、この半年を無事に過ごすことができたわ」

「いいえ。私こそ。プリムローズ様ってば、ずっと編み物ばかりで、本当にお世話が楽でした。次の方もプリムローズ様くらい楽だと良いんですけど」

「シャロンは人の世話をするの、あまり好きではないみたいだものね」

「そうなんです」

半年一緒に過ごせば、多少は人となりも分かる。

シャロンは私と同じような大家族の長女にもかかわらず、人の世話をするのが好きではないのだ。

いや、大家族だからかもしれない。

前に、なんでもかんでも長女だからという理由で自分に役割が回ってくると不満げに言っていた。

世話が好きではないのに、どうして女官をしているのかと言えば、給金が発生する分、我慢できるからだそうだ。仕事の対価と思えばまあ……と濁していた。

あとは、実家に戻りたくないそうで、できるだけ長く城にいたいと言っていたが、多分それは彼女の本音なのだと思う。

彼女にとっては家族の世話は苦痛でしかないのだ。

「……プリム、いる？」

「えっ……？」

明日のお別れをシャロンと惜しんでいると、扉がノックされる音がした。

声の主は、ジュリアン王子だ。彼の柔らかな声を聞き間違えるはずもない。

「で、殿下？　どうしました？」

「うん、ちょっと用事があってね。ここ、開けてくれる？」

予想外の人物の訪問に驚くも、慌ててシャロンに扉を開けるよう命じる。

時間は真夜中だったが、さすがに追い返すわけにもいかないだろう。

幸いにも、荷造りをしていたのでまだ寝衣に着替えていないし。

シャロンも酷く焦りながら扉を開けた。

扉が開くと同時に王子が入ってくる。シャロンを見て、首を傾げた。

「……あれ、君？」

「あ、私、プリムローズ様付きの……」

シャロンが自己紹介しようとする。それを留め、彼は言った。

「知ってる。前にも話したことあるしね。……ええと、ごめん。俺、ちょっとプリムに話があって。悪いんだけど、ふたりきりにしてもらえるかな」

申し訳なさそうに告げていたが、その声音は強く、逆らうことを許さない雰囲気があった。

シャロンは青ざめながらも深々と頭を下げ、「失礼致します！」と言って部屋を飛び出していく。

それを見送り、扉が閉まったことを確認してから王子は笑った。

「やっと、ふたりになれた」

そう言って私を見つめてくる王子は、お茶会の時の彼のままで、どうして急に部屋に来たのかと内心驚いていた私は、少しばかりホッとした。

「殿下、どうなさったのですか？　急に訪ねていらして。お忙しいのでは？」

夕食時のことを思い出して言うと、彼は「ごめんね」と眉を下げた。

「色々、準備とか、根回しとか、そういうのに時間が掛かっちゃって。でも、もう大丈夫。全部片付いたから」

「はあ……」

なんの話だと思いつつも、とりあえず頷いておく。

しかし、こんな時間に来るなんて、一体どんな用件だろう。

そう思い、ハッと気がついた。

もしかして彼はお茶会に誘いに来たのではないのだろうか、と。

深夜のお茶会。

一週間前を最後に開かれなくなったそれを、最後の夜に開催したい。その誘いではないかと思ったのだ。

その時間を作るために、頑張って仕事を片付けていた。そう考えるとここ一週間の彼の不可解な行動も辻褄が合うような気がした。

いや、自意識過剰かもしれないけれど。

だけど、嬉しいと思う気持ちは止められなかった。

最後の夜に彼とふたりでいつものように過ごせるのは、私にとっていい思い出となると思えたからだ。だから言った。

「もしかして、お茶会のお誘いですか？」

「ん？」

「？　今からお茶会に出掛けようって、そういう話では？」

約束していなかったから直接誘いに来た。つまりはそういうことだろうと確認すると、彼は「違うよ」と否定した。

「君とのお茶会はこれからも続けたいと思っているけどね、今日は違う。今日は、もっと大事な用件があるんだ」

「大事な用件？」

それは一体なんだろう。

全く見当もつかない話に自然と眉が中央に寄る。

そんな私に、王子は言った。ごく自然に、当たり前の口調で。

「俺と結婚しよう、プリム。婚約者候補でなく、正式な婚約者になるんだ。そうすれば君は家に帰らなくてすむ。ずっと、俺といられるようになるんだ」

「は……？」

告げられた言葉の意味が、申し訳ないけれど一瞬、本気で理解できなかった。思わずまじまじと彼を見る。

王子は嬉しげに私を見つめてきた。

「君は俺の婚約者候補だ。つまり、君を抱けば正式に婚約者と認められるってこと。名案だろう？」

これ以上ない思いつきだと言わんばかりの王子に、心底戸惑った。

いや、本当に彼は何を言っている？

私を抱いて正式な婚約者にする？　それは一体なんのために？

「正式な婚約者になって、最終的には俺の妃になる。そうすれば、俺と君はずっと一緒にいられる。お茶会だって続けられるよ。ね、素晴らしい案だと思わない？」

彼に気圧されるように一歩後ずさる。

「ええと、それは、ちょっと……」

「どうして？　何が駄目？　君は俺の婚約者候補でしょ。君を抱いたところで誰も文句なんて言わない。むしろやっと妃を定めたのかって喜ばれるだけだよ」

「え、いや、はい。それはそうかもしれませんが……」

長く婚約者すら決めなかった王子が、相手を定める。

確かに皆は喜ぶのかもしれない。跡継ぎ問題が解消される、と。

私は貧乏伯爵家出身だけど、一応婚約者候補として認められているのだ。その私が正式な婚約者になることに誰も反対はしないだろう。

だけど、だけどだ。

――それは、違う。

首をふるふると左右に振って、王子から更に距離を取る。

今の私には、彼の思考が手に取るように理解できた。

ようやくできた理解者が自分の元から去るのが悲しい。だから正式な婚約者にしてしまおう。そうすれば、ずっと一緒にいられるから。

どうせそんな風に思ったのだろう。

それがどういう意味なのか、深く考えもせずに。

だが、私としては勘弁して欲しいところだ。

好きな人に一緒にいて欲しいと思って貰えるのは嬉しいけれど、甘やかし要員に辞められたくないあまり、婚約者になって欲しいは駄目だと思う。

彼自身にも、そして何より彼のことを好きな私に失礼だ。

「殿下、駄目です」

「駄目って何が」

「約束の刻限は来たんです。私は自分の屋敷に帰ります」

きっぱりと告げる。

突き放すようで申し訳ないが、許して欲しい。

だって私は彼に恋愛感情を抱いているのだ。だけど向こうは違う。

そんな状態で結婚とか、どう考えても私が可哀想すぎるではないか。

とりあえず結婚して、後々振り向いて貰おうなんて私には思えない。

そんなノリで王太子妃になろうなんて決断できないのだ。

好きな人が私のことを好きで、だからというのならもちろん私だってやれる努力は全部するつもりだけれど、一方通行の想いを抱えた状態で頑張れるほど、私は強い女ではない。

「殿下の気持ちは嬉しく思います。ですが、私は帰ります」

話は終わりだ。

帰って欲しかったが、王子が動こうとしないので、私が外に出ることにする。

少し散歩して戻れば、彼も少しは頭が冷えて、自室に帰っているだろう。そう思ったのだ。

「……私、散歩してきますね」

俯く王子の側を通り抜ける。扉を開けようとノブに手を掛けると、その手を強い力で掴まれた。

「っ！　痛いっ！」

抗議するように彼を見る。だが彼は無言で私の身体を壁に押しつけた。

ドン、という音がする。背中が痛い。

「殿下っ！」

「……」

至近距離に王子の顔がある。彼は怖い顔で私を見ていた。

「ちょ……離して下さい」

壁に掴まれた手首を押しつけられているので碌《ろく》に身動きが取れない。しかも王子は腕を摑んでいない方の手を壁につき、私を囲うような体勢を取っているのだ。

身長差があるので、まるで彼に囚われたような気持ちになる。これでは逃げようにも逃げられなかった。

「殿下……」

「逃げるの？　俺から」

「や、だから」

そうではない。

逃げるのではなく、応えられないだけ。

彼の都合の良い要望に応じられるほど私は心が広くない。ただそれだけのことなのだ。

「違います。逃げる、わけ、では……」

「俺を置いて帰ろうとしたのに？」

「……だからそれは」

「別に良いよ。逃げたければ逃げても。――逃がさないから」

「っ……！」

「もう、父上にだって報告してあるんだ。君にするって。だから俺は今夜君のところにきた」

グッと握られた手首に力が込められる。

絶対に逃がさないとその力と彼の目が語っていた。

「……」

王子を睨み付ける。

どうしてこんなことになったのだろう。

私はただ、約束の半年が来たから帰ろうと、そう思っただけなのに。

蓋を開けてみれば、王子は私を手放す気なんてなく、正式な婚約者にしてでも側に縛り付けると言っている。

その様子はどう見たって本気で、彼が私を帰したくないというのが伝わってくる。

それを嬉しくないとは言わないけれど、私だって言わせて欲しいのだ。

「わ、私のことを好きでもないのに、ただ側にいて欲しいだけで縛り付けようとしないで下さい！」

ただの我が儘で側にいてあげられるほど、私は安くない。

そういう思いで叫ぶと、彼はキョトンとした顔をした。

「え、好きだけど」

「は？」

「君のこと、好きだけど。そんなの当たり前じゃないか。いくら俺だって、好きでもない女性と結婚しようなんて思わないよ！」

告げられた言葉に目を見開く。気づいた時には言い返していた。

「それならちゃんと言って下さいよ！　てっきり私は、甘やかし要員に去られたくないだけなのかと思って……」

「そんなわけない。君をただの甘やかし要員だなんて思ったことないよ。俺はもう、ずいぶんと前から君のことが好きなんだ。……ねえ、プリム。責任を取ってよ。俺をプリムなしで生きられなくさせた責任を取って俺と結婚して。一生側にいるって約束して」

「……」

王子から告げられる好きの言葉に身体が震えた。

好き。王子が私のことを好き？

考えもしなかった話に息が止まりそうになる。

黙り込んでしまった私の頬を、王子がそっと撫でてくる。愛おしげに見つめられた。

そんな顔をされたのは初めてで、ボッと頬が熱くなる。

「俺に優しくしてくれた君が好き。頑なな俺を甘やかして、寂しさを埋めてくれた君を愛してる。ねえ、本当に気づいていなかったの？　俺、とうに君だけでよくなっていたんだよ？　以前は毎日のように連れていた女の子たちを最近見ないことに、本当に気づかなかったの？」

「え……」

毎日のように連れていた女性たち。

それは彼が己の人嫌いを隠すために、カモフラージュとして使っていた人たちのことだ。

実際は嫌なのに必要だからと我慢して、側に置いていた。

その女性たちの姿を、確かに最近は見ていないなと、言われて初めて気がついた。

「本当……だ……」

少なくともひと月、いや三ヶ月は見ていない気がする。

「何、本当に気づいていなかったの？」

「ええと……はい」

気まずいと思いつつも正直に頷く。

昼間は編み物に熱中していたので、気にもしていなかったのだ。

王子は特大のため息を吐き、「プリムらしいね」と言った。

「君が俺の側にいてくれて寂しい気持ちを埋めてくれたから、俺を肯定して、甘やかしてくれたから、もう彼女たちは要らないかなって思えたんだよ。見せかけの女たちなんて必要ない。だって俺には君がいてくれるからって……ねえ、俺、結構分かりやすかったと思うんだけど」

「そう、言われましても……」

懐いてくれているなとは思っていたが、まさか恋愛感情を抱かれているとは思わない。

「超お堅い近衛隊長が、こんなにデレ甘絶倫だなんて聞いてません!?」
©駒田ハチ／プランタン出版
毎月17日頃発売
ティアラ文庫
Tiara Label
Opal
オパール文庫
毎月4日頃発売
「お嬢様の恋人①」
©篁 ふみ／プランタン出版

ティアラ文庫&オパール文庫総合Webサイト
https://www.l-ecrin.jp/
「ティアラ文庫」「オパール文庫」の
最新情報はこちらから!
公式Twitter
@tiarabunko

だって彼は人が嫌いなのだから。

それは幼い頃から根付いたもので、そう簡単に払拭できることではないと分かっていた。

驚くことしかできない私に、王子が言葉を紡ぎ続ける。

「君が俺を全部受け入れてくれたから、どんな時でも笑って頭を撫でて、大丈夫だって言ってくれたから、俺はもう一度、人を、ううん、君なら信じられるって思えるようになった。ねえ、そんな俺を君は裏切るの？　俺が寂しがりって君はもう知ってるでしょ？　側にいてよ。俺をひとりにしないで。帰らないで。君を――愛しているんだ」

本気で言われたと分かる心の籠もった響きに、目を瞑った。

嬉しい、と思った。

好きな人に好きと言われて、愛してると言われて嬉しかった。

私も、好きだと応えたかった。

だけどその前に、ひとつだけどうしても聞かなければならないことがあると思った。

「殿下」

「……何？」

じっと私を見つめてくる王子を見返す。彼の目にはほんの少しだけど怯えがあるように見えた。

私は深呼吸をし、大事な問題を彼に掲げた。

「私を正式な婚約者にしたいという殿下の気持ちはよく分かりました。ですが、そのためにはひとつ問題があります。殿下も先ほどからおっしゃっている通り、私が正式な婚約者になるには、あなたに抱かれる必要があります。でも、人に触れられるのも触れるのも嫌いなあなたが、私を抱くことができますか？」

身体を重ねるという行為は、人を好きではない彼には苦痛でしかないだろう。

裸になり、相手とひとつになる。子供を作る行為だ。

それは手を繋いだり、少し肩が触れたりとかとは全然違う、もっと根源的なもの。

特にトラウマを持たない私だって、よほど好きな人か結婚相手でないとできないと思う特別な行為だ。

私の言葉を聞いていた彼が、唇を吊り上げる。そうしてなんでもないように言った。

「それ、今更聞くの？　俺、今君に触れているよね？　それでどうしてできないなんて思うの？」

「……『触れる』のレベルが違うでしょう？　手に触れたり、膝枕をしたりとかそんな軽い触れ合いとは訳が違います」

「それはそうだ。俺だって君以外に触れたいとも触れられたいとも思わないからね。君が相手だから、今もこうして触れることができるんだよ。……でもねえ、プリム。つまり君が言っているのは、俺が君を抱けるのなら君は俺の正式な婚約者になってくれると、そういうことなんだけど。意味、分かって言ってる？」

「……はい」

確認され、頷いた。

黙っているのは卑怯だと結論づけ、言葉にする。

王子はきちんと自分の気持ちを告げてくれたのに、それに対する答えがないのは駄目だ。

「私も、あなたのことが好きですから」

「プリム！」

言葉にすると、ギュッと抱きしめられた。

今まで一度もなかった行為に吃驚する。力強い抱擁にドキドキした。

王子が私を抱きしめながら確認してくる。

「ねえ、今の本当？　本当に俺のことが好きなの？　冗談とかじゃないよね？」

「冗談で好きなんて言えませんよ。私も殿下のことが好き、です」

両想いになれるなんて思ってもみなかったけれど。

そう思いつつも頷くと、王子はムッとした顔をした。

「それなら、素直に俺の妃になるって言ってくれたらいいのに」

「殿下が人をお好きではないことは知っていますから。それに、私の気持ちが迷惑になるかもとも思いましたし。挙げ句、妃になるには性交が必要でしょう？　殿下には難しいんじゃないかって、そう考えました」

相手と深く繋がる行為だ。私のことが好きでも、行為を忌避する可能性は十分すぎるほどあると思っていた。いや、今でも思っている。

そしてその行為ができないのなら、婚約者にはなれないわけで。

不安になり、王子を見つめる。彼はにこりと笑った。

「つまり君は俺とそういうことをしていいって思ってくれていたってことだよね？」

「え……あ……」

指摘され、一瞬時が止まった。

言われるまで全く気づかなかった。だけど確かにそうだ。

好きだと言ってくれるのは嬉しいけれど、私を抱けないのでは意味がないではないか。

私はずっとそう言っていたわけなのだから。

それは裏返せば、抱いて欲しいと思っていたというわけで。

「あ……あ……」

自分の本音に気づき、真っ赤になる。

王子が壁に押しつけていた手を離し、私の頬に触れる。両手で挟み込み、顔を近づけてきた。

「プリム」

「あ、あの、私……」

「俺に抱かれたいって思ってくれたって、そう受け取っていい？」

「……」

「俺のこと、そういう意味で好きだって、俺と一生一緒にいたいって思ってくれてるって、そう受け取ってもいい？」

甘い響きに頭が溶けてしまいそうだ。

ドロドロに溶かされそうになりながらも私は首を縦に振った。

今、嘘を吐くことに意味はないと分かっていたからだ。

「……はい」

「愛してる、プリム」

言葉とほぼ同時に、唇が塞がれた。王子の柔らかな髪が頬に触れる。

王子と、好きな人とキスしている事実に、頭の中が沸騰するかと思った。

唇を触れ合わせるだけの口づけだったが、お酒に酔ったような気持ちになった。

「は……」

「ふふ……顔が真っ赤だ。ね、プリム。キスするのは初めて？」

「は、い」

肯定すると、王子は嬉しそうに笑った。

「俺と一緒だ。俺もキスするのは初めてだったから。でも、こんなに気持ちいいものだと知っていれば、もっと早くにしたのに。ずっと様子を窺っていたのが馬鹿みたいだな」

「え……」

——様子を窺っていた？

なんの話だと思い、彼を見る。

王子は「ん？」と首を傾げたあと、私が何を聞きたいのか理解したように頷いた。

「どのタイミングで君に告白しようかなってずっと迷っていたって話。君を妃にしようっていうのは結構前から決めていたんだけど、あの何とも言えない、ただ甘やかして貰えるだけの関係も心地良くてさ。存分に堪能してから、なんて考えていたら、いつの間にか期限が来ていたっていうんだから驚きだよね。君に言われるまで、本当に期限のことなんて忘れていたんだよ。ずっと君は俺の側にいるんだって無意識に考えていたんだと思う」

「……」

「指摘されて、このままじゃ君が帰ってしまうって気づいて。慌てて父上に話しに行ったんだよ。プリムを妃にしたいって。でもさ、酷いと思わない？　あれだけ妃を決めろと言っていたくせに、プリムにするって言っても全然信じてくれないんだ！」

「まあ、それはそう……でしょうね」

すでに何十人と追い返している前科があるのだ。

妃にする人を決めたと言われてもそう簡単には信じられなかったのだろう。

私でもそうだと思うから、国王を責められない。

「しまいには宰相まで『信じられません。次の候補は用意しているから気にしてくれなくていいですよ』なんて言い出すし。結局父上たちに信じて貰うのに一週間掛かったんだよ。もう、無駄に疲れたんだけど」

「それ、自業自得じゃないですか？」

「父上にも言われた！」

唇を尖らせ、ムスッとする王子。

この一週間、ずっと忙しそうにしているなと思ったら、まさかそんな理由だったとは。

なんだかなあと笑っていると、王子に強く抱きしめられた。

「あ……」

「これで信じてくれた？　俺がずっとプリムとこうなりたかったんだって。自分でも信じられなかったけど、君を好きになってから、俺はずっと君に触りたかったよ。君の全部に触れたいってそう思ってた。ね、だから何も心配することなんてないんだ。俺はずっと、君を抱きたかったんだから」

「……」

「君を貰うよ、プリム」

脳髄を揺らすような声で宣言され、目を瞑った。

途方もない喜びが全身を包んでいて、耐えきれなかったのだ。

返事ができず、だけどもなんとか意思を示したかった私は、彼の服をギュッと握った。

言葉にならない想いを込め、服を握っていると、気持ちを察してくれた王子が私を抱き上げた。

「あっ……」

横抱きにされ、慌てて彼の首に両手を絡めた。

王子が、ゆっくりとベッドのある方へ歩いていく。

それを止めようとは思わなかった。

むしろ、ドキドキして仕方ない。心臓が飛び出してしまうのではないかと思うほど脈打っていて、痛いくらいだった。

「殿下……」

彼に抱きつき、恥ずかしさを堪えていると、王子が「ねえ」と言った。

「プリム、いつまで俺のこと、殿下って呼ぶの？」

「え……」

「俺はずっと名前で呼んで欲しいってお願いしていたのに、君はいつまで経っても『殿下』なんだもの。でもさ、もう良いんじゃない？　俺たちは婚約者になって、近々結婚するわけなんだからさ。俺の名前を呼んでよ。敬称なんか要らない。ジュリアンって、君の口からそう呼ばれたいんだ」

「……」

甘い、だけども真剣なお強請りに息が詰まった。

確かに私はずっと彼のことを『殿下』と呼んでいたし、そうあるべきと今まで思ってきたけれど。

それは、私にとって一種の線引きだったのだ。

私が勝手に引いた、この線を越えなければ大丈夫だという謎の確信。

それを崩したくなかったから今までどれだけお願いされても、適当に誤魔化し続けてきた。

でも、もう必要ない。

だって引いた線なんてとっくに飛び越えてしまった。だから、それなら私は、彼の願いを叶えてあげたいと今はそんな風に思う。

「――ジュリアン」

「っ！」

心の中ですら一度も呼ばなかった名前を口にする。

少し声が震えてしまったが、大丈夫だっただろうか。チラリと王子――ジュリアンを窺うと、彼は顔を真っ赤にしていた。

「え……」

「何、この破壊力……」

「な、何の話です？」

意味が分からなくて尋ねると、彼は顔を真っ赤にしたまま言った。

「君に名前を呼ばれるのって、こんなにクるものなの？　え、すごく照れるんだけど。うわ……惜しいことした。こんなに嬉しいものと知っていたら、無理にでも名前呼びさせていたのに、勿体ないことした」

「大袈裟ですよ」

「大袈裟なものか！」

ぶんぶんと首を横に振り、否定するジュリアン。そうしつつも彼の足は確実にベッドに向かっていた。

私を抱え直し、赤いままの顔で言う。

「やっと呼び捨てで呼んでくれて嬉しいよ。俺、ずっと君にそう呼ばれたかったから」

「ええと、お待たせしました？」

「ふふ、何それ」

楽しそうに笑い、ジュリアンが立ち止まる。

目の前には綺麗に整えられたベッドがあった。

初日に、こんな大きいベッドは無駄だなと感じたことを思い出す。ひとりで寝るだけなのにと、そんな風に考えていたこの寝台で、今から私たちはひとつになるのだ。

その事実が酷く恥ずかしい。

「……あ」

そっとベッドの上に降ろされる。履いていた靴をジュリアンが脱がせ、ぽいぽいと投げ捨てた。

そうして着ていた上着を脱ぐ。近くにあった椅子に適当に掛けると、私の上にのしかかってきた。

「あ……」

「怖い？」

何故か嬉しそうな顔をしてジュリアンが聞く。それに正直に答えた。

「……い、いいえ」

「本当？」

「はい。怖いとは思いません。だって、ジュリアンが相手ですから」

それに、これは私も望んだことだ。

相変わらず心臓は馬鹿みたいに速い速度で脈打っているけれど、これは期待感から来る緊張だと分かっている。

きっぱりと答えると、ジュリアンは笑った。

「ふふ、プリムって意外と潔いよね」

「そう……ですか？」

自分では分からない。首を傾げると、彼は「そうだよ」と言った。

「俺はこんなに緊張しているのにさ。もう、さっきから心臓が爆発するんじゃないかって思うくらいバクバクしてる。こんなの、初めてだよ」

「ええと、お嫌なら、止めますか？」

キスはできたが、やはりそれ以上は厳しいのだろうか。それなら無理強いはできないと思ったのだけれど、ジュリアンは否定した。

「違う。だからどうしてそういう風に受け取るかなあ。俺はね、今から君に触れられると思って、嬉しくて吐きそうなくらい緊張してるって、そう言ってるんだよ。嫌なわけないじゃないか。俺はこの数ヶ月間、ずっと君とこうなることを熱望していたのに」

そう言って見つめてくる瞳には隠しきれない熱が籠もっていた。

その熱に魅入られ、何も言えなくなる。どうしようもなく、彼が愛おしかった。

お腹の奥が、キュンと疼く。

未知の快感を求め、身体が準備を始めているのが自分でも分かった。

「好きだよ、プリム。今更嫌だって言っても聞いてあげない。俺がどんなに君に触れたかったのか、その身をもって知ると良いよ」

甘く囁かれ、ゆっくりと押し倒される。

ジュリアンの顔が近づいてくる。それに気づき、目を閉じた。

「んっ……」

二度目の口づけ。触れた唇は酷く熱く、求められているのが伝わってくる。

唇を触れ合わせているだけなのに、身体が燃えるように熱くなる気がした。

ジュリアンは何度も角度を変え、口づけてくる。私はそれを必死で受け止めた。

「ん、んっ……」

キスを交わしながら、ジュリアンの手が、私の身体に触れる。身体の形を確かめるような動きに、背筋がゾクゾクとした。

「は……あ……」

全身を弄られ、甘い息が零れる。男の人の大きな手に触れられるのはなんとも心地良かった。

うっとりとしていると、ジュリアンが再び口づけてきた。それを受け入れる。

——え？

先ほどまでとは様子が違った。ジュリアンが、下唇を舐めたのだ。

「んんっ？」

思わず口を開くと、その中に彼の舌が侵入してくる。口の中が彼の舌でいっぱいになったが、未知の感覚に驚く間もなく、舌が口腔を弄り始めた。

「んぅ、ん……」

舌裏を刺激され、変な声が出る。気持ち悪いのではない。逆に気持ち良くて吃驚したのだ。

尖らせた舌先が頬の裏側をなぞっていく。上顎に触れられた時は擽ったかった。だけど何度もなぞられているうちに、快感へと変わっていく。

「んっ、ふ……う……」

ぺちゃぺちゃという音がする。唾液が喉の奥に溜まっているのが分かる。

それをなんとか呑み込むも、すぐに新たな唾液が溜まってしまう。

淫らなキスはいつまで経っても終わりを迎えず、私は彼の舌の動きに翻弄された。

その間も彼の手は私の身体を弄っていて、そちらもそちらで擽ったかった。

「ん……！」

彼の手が、ごく自然に胸に触れた。分かっていたことだけれど、性的な場所に触れられ、身体がビクリと反応する。

それに気づき、唇を離した彼が窺うように私に聞いた。

「……嫌？」

「え、いいえ、嫌なんて……ただ、吃驚しただけで……」

「驚いたの？」

「はい……その、初めてなものですから」

本音を言うのなら、キスだけでいっぱいいっぱいなのだ。頭はすっかり茹で上がっていて、まともな思考回路などとうの昔に焼き切れた。

顔を赤くしながらもごもごと言うと、ジュリアンは「そう」と頷いた。

「嫌じゃないなら良いんだ。……触られるのが嫌だって感覚、俺はよく知ってるから。無理強いはしたくないってそう思っただけで」

「……！」

そうだ、そうだった。

彼は人に触れたり触れられたりすることに元々抵抗がある人だったのだ。

そんな人からしてみれば、わざとでなくても抵抗っぽいことをされれば、続けようなんて気にはなれないだろう。当たり前だ。

そんなことにも気づけなかった己の無神経さに腹が立つ。

「あ、あの！　私、嫌とかはありませんから！」

「へ？」

「嫌とか、全然ないです。むしろ嬉しいって思ってて。最後までしていただいて本当に構わないんです！　ただ……初めてなのでどうすればいいのか分からなくて。でも、決して嫌なわけではないってことを分かって欲しくて……」

拒絶しているわけではない。だから気にしてくれなくて良いのだと、必死で告げた。

とにかく誤解されたくない一心だったのだ。

この行為は合意の下で行われていて、だから、私がどういう反応をしようが、気にせず進めてくれればいい。

そういうことを一生懸命説明すると、彼はぽかんとし、やがてクックッと笑った。

「そ、そうなんだ……」

「はい」

「プリムは嫌じゃなくて、むしろして欲しいって思ってるんだね？」

「ええ！　そうなんです」

「だから、気にしてくれなくていいって言いたいわけだ？」

「はい！」

伝わったと思い、嬉しくなる。そんな私にジュリアンは言った。

「可愛い」

「へ……」

「プリム、すごく可愛いんだけど。ええ？　本当にそんなこと言われたら、絶対に止まれないんだけど」

「止まらなくて良いです。私、ちゃんと覚悟してますから」

キリッとした顔で告げる。途端、ジュリアンは噴き出した。

「だからさ、頼むからこれ以上可愛いこと言わないでよ」

「ええ？」

「初めてで自分だっていっぱいいっぱいのくせに、それなのに俺のことまで気遣ってくれて。しかも止まらなくていいなんて。プリムだって怖いだろうに、そんなところおくびにも出さないで、いつだって君は俺のことを気に掛けてくれる」

「……」

「そんな君が好きだよ。たまらなく愛おしいって思う」

チュッと音を立てて口づけられた。それを受け止める。

ジュリアンが優しい目で私を見ていた。

「ありがとう、プリム。でも、俺のことは気にしてくれなくていいから。そうじゃなくて、俺が与える快感に夢中になってよ。その方が俺は嬉しいからさ」

「あ……」

「大丈夫。もう、君が何を言っても止めないって決めたから」

「……」

「泣いても喚いても止めてあげない。君を俺のものにするまで終わらないけど、君はそれで良いんだよね？」

「……はい」

泣いても喚いてもという辺りが少し怖かったけれど、しっかりと頷く。

ジュリアンが私の頬に手を触れた。するりと撫でられ、声が出る。

「んっ……」

「可愛い声。ね、そういう声をたくさん聞かせてよ。君が悦んでるって分かって嬉しくなるからさ」

楽しそうに笑いながら、ジュリアンが私の服に手を掛ける。

脱がせようとしていることに気づいて恥ずかしくなったが、グッと堪えた。

「背中、浮かせて」

「……はい」

ジュリアンの指示に従い、背中を少し浮かせると、するするとドレスを脱がされた。

あっという間に下着姿になってしまう。この格好も大概恥ずかしかったが、当然これで終わるはずがなかった。

「全部、脱ごうか」

羞恥に震える私とは反対に、ジュリアンはずいぶんと楽しそうだ。

「脱がせて、いいよね？」

その言葉に、微かに首を縦に振って答える。

まずは胸を覆う下着を脱がされる。人に裸を見せた経験などないので、ひたすらに恥ずかしい。

「うう……ううう……」

「駄目、隠さないで」

思わず胸を両手で隠したが、咎められてしまった。

泣きそうになりながらも手を離す。彼は満足げに笑い、次に腰紐に触れた。

腰で結ぶタイプの下着を穿いていたのだけれど、それは紐を解けば簡単に外れてしまう心許ないもので、あっさりと抜き取られてしまった。

「っ……」

剝ぎ取った下着をぽいっと放り投げ、ジュリアンは今度は己の服に手を掛けた。

元々人に触れたくない、触れられたくなかったという人だ。

肌を晒すのに抵抗はないのかなと少し気になったが、それを考えるのが馬鹿らしいほど彼は潔く服を脱いでいった。

ぽいぽいと脱いだものを放り投げていく。トラウザーズに手を掛けた時は私の方が緊張した。

何故か、本当に脱ぐんだという気持ちになったのである。

「あ……」

一切躊躇う様子を見せず全裸になった彼は、にっこりと笑った。

意外と引き締まった上半身。そこで初めて彼が首からチェーンを掛けていたことに気がついた。銀色のチェーンには小さい瓶が括り付けてある。宝飾品のようには見えなかった。

「ジュリアン、それ……」

気になって尋ねると、彼は、「ああ」と頷いた。

「俺のお守りみたいなものかな。昔、父上に貰ったんだ」

「そう、ですか……」

少し陰のある笑い方をしたことに気づき、それ以上聞かないでおこうと思った。

ジュリアンの過去を穿り返す気はなかったし、それより今はもっと気になるものがあるからだ。

「……」

彼の下半身をチラリと見る。

逞しい肉棒が腹につかんばかりに反り返っていて、顔がカッと赤くなった。

目を逸らしたいのに逸らせない。私が見ていることに気づいたジュリアンが私にのしかかりながら言った。

「ねえ」

「えっ……」

「すごく大きくなってるでしょ。君としたくてこうなってるの。ね、これで俺が君に触れたいって思っていたって信じてくれる？」

「〜〜！」

これ以上ないほど顔が熱くなっていく。そんな私にジュリアンは軽く口づけた。

「ずっと君に触れたいって思っていたよ。人に触れたいって思うなんて初めてで自分でも戸惑ったけど、でも嘘じゃない。君の一番深い場所に触れて、ひとつになりたいってそう思ってた」

甘く告げられた言葉に彼の本気が籠もっていることに気づき、私は顔を赤くしたままジュリアンを見た。

本当は、少しだけ疑っていたのだ。

彼は、私を抱けるのだろうか、と。

私を好きだという気持ちは信じていたけれど、それとこれとは別だろうと。

だって、身体を重ね合うという行為は特別だ。

だから生々しい話だけれど、彼の身体——屹立が私に反応するのか。抱ける状態になるのか、そこが不安だった。

……結果は杞憂だったのだけれど。

しっかりと立ち上がった肉棒を見てしまえば、彼がこの行為を心から望んでいるのだとさすがに理解することができた。

そして同時に私はそれを嬉しいと思っていた。

人に触れるのも、触れられるのも嫌だと言っていた彼が、私にだけは許してくれる。

それがたとえようもなく嬉しかったのだ。

だからもう、あとはただひたすらに早くひとつになりたくて、好きな人の熱を感じたいという気持ちしかなかった。

「好き、です」

彼の背中に両手を回し、言葉を告げる。

ジュリアンが優しい笑みを浮かべ、手のひら全体で肌をなぞり始めた。直接、肌に触れられゾクゾクした。

嫌なのではない。これは期待感だ。

「ん……」

首筋にジュリアンが舌を這わせる。擽ったいような気持ち良いような不思議な感覚だった。

だけど何より幸せな気持ちが強くて、もっとと思ってしまう。

首筋に舌を這わせていたジュリアンが、何を思ったのか、強く吸い付いた。甘い痺れるような痛みに襲われ、「んっ」と声を上げる。

「な、何ですか？」

「ん？　君が俺のものだって印を付けただけ。でも、一カ所だけじゃ物足りないから、もっとたくさん付けてあげるよ」

所有印を付けたのだと満足げに笑ったジュリアンは、宣言通り、私の身体のあちこちに口づけ始めた。

チクリ、チクリと痛みが走る。胸元を吸われた時は、彼が付けた赤い、痣のような印が見え、恥ずかしくなった。

同時に嬉しくもあったけれど。

ジュリアンが嬉しそうに言う。

「綺麗に色づいた」

「もう……ジュリアンってば。こういうことする人だったんですね」

本来の彼が寂しがり屋の甘えん坊だということはよく知っていたが、どうやら所有欲も強いようだ。私の身体に自分の印が付いたことが嬉しくて堪らないという顔が、それを物語っている。

「こういう俺は嫌？」

「いいえ。どんなあなたも好きですよ」

少し不安な顔を見せたジュリアンに、笑って言う。

実際嫌だとは思わないのだ。大体私自身、人に頼られたり甘えられたりするのが好きなので、好きだから独占したいと言われても嬉しいなとしか感じない。

「光栄です」

「……プリム、それ、本気で言っているでしょ」

「駄目、ですか？　嬉しいんですけど」

「はあああああ～！　もう、俺のプリムが可愛すぎるんだけど！」

ギュッと抱きしめられる。そうして顔を上げ、ジュリアンは言った。

「今ので俺、ますます君のことが好きになったんだけど、どうしてくれるの？」

「どうするも何も……すでに私はあなたのものなので、お好きになさって下されば……」

「だから、そういうところ！　もう、大好きだよ！」

「ふふ、私もです」

好きと直接伝えられるのは嬉しいことだ。

幸福感を感じ、クスクスと笑っていると、ジュリアンがまたキスマークを付け始めた。

愛ある口づけには、やはり幸せしか感じない。

「ん……」

いくつも肌に痕を残していくジュリアンの頭を優しく撫でる。彼は擽ったそうな顔をした。

「プリム、いつも思っていたんだけど、俺のことを子供扱いしてない？」

「してませんよ」

「本当に？　だって弟とか犬みたいって言ってたじゃない」

「……本当にそう思っていたら、こんなことできません」

裸で睦み合っている時点で弟や犬などと思えるはずないではないか。

私は顔を赤くしながら彼に言った。

「あなたをただ、甘やかしてあげたいなと思うだけです。駄目、ですか？」

「……ううん。嬉しい。俺が甘えられるのはプリムだけだから」

「ええ、存分に甘えて下さい」

この寂しがり屋の王子様を甘えさせられるのは自分だけだと思うと、不思議な満足感に包まれる。自分だけ、というのが嬉しいのだろう。私も大概単純だし、きっとジュリアンのことを笑えない。

「プリム、肌、綺麗だね」

「そう、ですか……？」

「うん。すごくきめが細かくて、すべすべしてる。いつまでも触っていたい心地だよ。人の体温を直接感じるって、こんなに気持ち良いことなんだって実感してる。ここも、ね」

「あっ……」

身体の形を確かめるように這っていた手が乳房に触れた。

布越しではなく直接感じる彼の手のひらの感触に声が出てしまう。

「ひゃっ……」

「痛い？」

むにむにと乳房を揉まれ、思わず身体を捩らせる。少し強めの力だったが、痛みはなかったので首を横に振った。

「大丈夫、です。ひあっ……」

つん、と胸の中心を押された。柔らかいその場所を確かめるように、ジュリアンはくにくにと弄り出す。

その触れ方は酷く優しいもので、だからこそ簡単に快感へと繋がった。

「ひゃっ、あっ……あんっ、ジュリアンッ……それ駄目っ……」

気持ちよくてお腹の中がキュンキュンする。

じんわりと愛液が滲み出てきたのが感覚で分かった。

駄目と言いながらも私の声は驚くほどに甘く、だからかジュリアンも制止とは受け止めなかったようだ。喉の奥で笑いながら、何度も同じ動作を繰り返す。

「は……気持ち良い。ここ、すごく柔らかいね。味わったことのない感覚だよ。癖になりそうだ」

「ん……ん……」

甘い声が漏れる。

人に触れることを好まない彼だけに、今、自分が人に触ったことを気持ち良いと感じていることが、信じられないようだ。

「うん、やっぱり君は特別みたいだ。もっと触りたいって気持ちにしかならないよ。君の全部に触れたい。良いかな？」

「……は、い」

熱い息と共に強請られれば、嫌だなんて言えるはずもないし、実際嫌だなんて思わなかった。

好きにしてくれとばかりに目を瞑ると、ぬるりとした感触に襲われた。

「んっ!?」

何が起こったのかと目を開ける。途端飛び込んできた凄絶にいやらしい光景に眩暈《めまい》がしそうになった。

ジュリアンが、私の胸を口に含んでいたのだ。

「あっ……」

「ん、美味しい……」

「ひゃんっ……そんな、とこ」

はむはむと唇で乳房を食み、感触を確かめている。それどころか、舌で乳輪を嬲り始めた。あまりの心地よさに勝手に声が出る。

「あ……や……ジュリアン……舐めちゃ……ああんっ」

音を立てて吸い立てられ、ビクビクと身体が震えた。

彼の舌は生き物のように動き、今度は乳首を軽く突いてくる。

耐えがたい悦楽に襲われ、どっと蜜が溢れ出したのが言われなくても分かった。

はあはあと息を乱し、身悶えていると、ジュリアンがペロリと舌なめずりをする。

あまりにも破壊力のある仕草に、心臓を鷲づかみされた心地になった。

「ひぅっ……」

「ね、見てよ。最初は平坦だったのに、乳首が飛び出してきた。これって俺にもっと可愛がって欲しいってことだよね」

「ち、ちが……はうっ……」

異論は聞かないとばかりに膨らんだ小さな突起を吸われ、背を仰け反らせた。

強すぎる刺激に涙が溢れてくる。

「あっ、あっ、あっ……ああっ！」

赤ん坊のようにひたすら胸を吸い続けるジュリアン。その様は見た目だけは可愛らしかったが、実際は乳首を転がしたり、少し噛んだり、強めに擦ったりしていて、可愛げの欠片もなかった。

「あうっ……ああ、あああっ……」

「プリム、気持ち良さそう。その可愛い声を聞いていると、俺、すごく昂ってくるんだけど。乳首、すっかり硬くなっちゃったね」

「ひぃんっ……」

好き放題胸の先を弄られ、腹の奥がどんどん熱くなっていく。

「はあ……ああ……あんっ……あんっ」

「こっちも弄ってあげる」

「あああっ」

もう片方の胸も指で悪戯をされた。指の腹で尖った乳首を転がしてくるのだ。それが絶妙な力加減で声を上げずにはいられない。

ジュリアンが与えてくる強烈な快楽に、私はただただ翻弄され続けた。

カリカリと乳首を引っ掻かれた時は、気持ち良さで頭がおかしくなるかと本気で思った。

「あ、んっ……ジュリアン……もう……やだあ……」

胸の感触が気に入ったのか、ジュリアンは執拗に胸への愛撫を続けていた。乳房を大きな手で優しく揉んだり、乳輪を指でなぞったり、乳首にキスを落としたりと、与えられる刺激はどれも強烈で、私はただ喘ぐことしかできない。

そして胸ばかりに刺激を受けていると、不思議と下半身が疼き出す。

すでに愛液が溢れんばかりに滴っている蜜壺に触れて欲しくて、我慢することに耐えられなくなって、もじもじと私は足を擦り合わせた。

そして当然のことながらそれに気づかないジュリアンではなくて。

私の態度を見た彼は嬉しそうに言った。

「下も触って欲しい?」

「欲しい、です……」

疼いて堪らないと正直に告げると、彼はようやく、胸を弄っていた手を退けてくれた。

そうして私の足を持ち、左右に広げさせる。

「ひゃっ……」

秘めるべき場所を広げられ、去ったと思った羞恥が再び襲ってくる。

自分でも碌に見たことのない箇所をまじまじと見られているのが酷く恥ずかしかった。

「ジュリアン……お願い……あんまり見ないで……」

「え、でも、見ていると、どんどん愛液が零れ落ちてくるんだけど」

「ひっ……」

分かっていても隠しておきたかった事実を指摘され、小さく悲鳴を上げる。

自分が彼の愛撫で感じまくっていたのがバレ、ひたすらに恥ずかしかった。

「もう……やだあ……」

行為を止めて欲しいとは思わないが、あまり詳細に語らないで欲しい。

だが、ジュリアンは観察を止めなかった。それどころかとんでもないことを言ってくる。

「本当にすごいな。まだ触っていないのにぐっしょり濡れてる。え、そんなに俺に触れられたいって思ってくれてたの？」

「～っ」

その通りなのだけれど言葉にされると恥ずかしい。

顔を赤く染めながらも、肯定するように小さく首を縦に振る。彼はそっと蜜壺に指を這わせた。

二枚の花弁は薄らとだが開いており、指でなぞられるだけでも痺れるほどの快感を私に伝えてきた。

「はあんっ……」

触れられた感触に心が震える。

初めての経験だから怖いかと思ったが全くそんなことはなかった。むしろ焦らすように触れられるのが辛く、もっとと思ってしまう。

彼の指が、愛液で濡れた蜜壺の中に軽く潜り込んだ。

散々胸を弄られたせいですっかりぬかるんでいた蜜壺は、容易く彼の指を受け入れる。

多少の違和感はあったが、それだけ。

中の感触を確認するように触れられ、強請っているみたいな声が出る。

「はあんっ……あっ……」

「痛くない？」

「大丈夫、です。少し違和感があるくらいで……ああっ！」

ぬちぬちと指を出し入れされ、甲高い声が出た。指が膣壁に当たったのだが、その感触が気持ち良かったのだ。

未知の感覚ではあったが、私の身体はそれを気持ち良いものと認識していた。

「あっ、あっ、あっ……」

「可愛い……」

私の反応を見ながら、ジュリアンが指の動きを変えていく。大袈裟に動かしているのではない。本当に軽く、なのだけれど、それが途方もなく気持ち良いのだ。

「やあっ、あっ……んんっ……」

「うん、もっと気持ち良くなろうね」

むずむずする感覚に戸惑う。膣内に二本目の指が入り込んできた。蜜壺を広げられるような動きに思わず息を止める。

「ここ、ちゃんと解さないと、俺のを受け入れられないから。少し我慢してね」

「は、はい……」

コクコクと頷く。

気持ち良すぎて息をするのも辛い。膣壁を優しく指の腹で押され、堪らず嬌声を上げてしまった。

無意識に身体をくねらせてしまう。

「あああっ……！」

「あ、ここが気持ち良いんだ。いいよ、もっとしてあげる」

「ひっ……！　ん、あ、ああっ、あああっ！」

「ああ、可愛い。プリム、好きだ」

感じる場所を丹念に刺激され、ドッと愛液が溢れ出る。指の動きは優しいのに、どうしてこんなにも感じてしまうのか、自分で自分が分からなかった。

「ひぅ……んっ……」

ひくひくと身体が震える。全身が燃えるように熱かった。蜜壺がキュウッとジュリアンの指を締め上げる。何かを求めるような動きに気づいたのか、ジュリアンが指を引き抜いた。

「……もう少し君を感じさせてあげたいけど、俺も限界だから」

「はあっ、はあっ……」

「いい？」

「は……い……」

思考が纏まらない頭で頷く。空っぽになった柔穴が酷く寂しく思える。

身体を震わせながらもなんとか息を整えようとしていると、ジュリアンに両足を抱えられた。彼は己の肉棒を持ち、愛撫で膨らんだ肉びらの中心にその切っ先を押し当てる。

「あ……」

最初に見た時よりも肉棒は、更に一回りほど大きくなっていた。

筋張っていて、とても硬そうに見える。

それを私は怖いではなく、嬉しいと感じ取っていた。

ジュリアンが私に触れ、興奮してくれていたことが分かったからだ。

胸がキュンキュンとときめいているのを感じる。

「ジュリアン」

「君が好きだ。愛してる」

「私もあなたのことが好き、です」

大きく膨らんだ男根を見て喜んでしまうくらいなのだ。あまり自覚はなかったが、私は相当彼のことが好きなのだろう。

——だって、早く欲しい。

彼のモノで私の中を満たして欲しくて堪らなかった。

切っ先が蜜壺の中に潜り込む。先端部分が埋められただけでは、痛みなどはなかった。

「プリムを貰うよ」

「……はい、貰って下さい」

笑みを浮かべ、頷く。私の顔を見たジュリアンは、何を思ったのか身体を倒し、舌を絡める濃厚な口づけをしてきた。慌ててそれに応える。それとほぼ同時に肉棒が体内に侵入してきた。

「んんんっ」

キスしているので、くぐもった声しか出せない。

ゆっくり、じわじわと挿入されるものだと思ったのにその勘は呆気なく外れ、逆に捻じ込むように中に埋め込まれた。

「んんんんぅ！」

一気に押し寄せてくる肉棒の巨大な質量。

裂けるような痛みと勢いよく柔肉を押し広げてくる感覚に耐えきれず、私は思わず身体を仰け反らせてしまった。

雄が未開の地を切り開く痛みは大きく、パチパチと頭の中が弾けた気さえした。

「くっ……」

苦しそうな声を上げるジュリアンに気づき、彼を見る。彼は眉を寄せ、熱い息を零していた。私が見ていることに気づくと、もう一度唇を寄せてくる。そうしてキスしたまま、腰を最後まで押し進めた。

「んっ、んんっ……」

指とは比べものにならない質量が私の中を埋め尽くしている。

全部彼のものになったのだ。

それがすごく幸せで、心が満たされた気持ちになった。

「はあ……」

一仕事終えたかのように、ジュリアンが息を吐く。

互いの腰がぴったりとくっついている。彼のモノを全部受け入れるのは、こういう行為が初めての私にはなかなか苦しかったが、それでもひとつになれたことが嬉しかった。

それが言葉として零れ出る。

「嬉しい……」

「それは俺の台詞なんだけど」

私の言葉を聞いたジュリアンがパチパチと目を瞬かせ言ってくる。

「君をこうして全部貰って、俺のものにすることができた。嬉しいのは俺の方なんだけどな」

「私も嬉しいですよ」

大好きな人とひとつになれたのだ。嬉しくないはずないではないか。

ふふ、と笑みを零すと、彼はゆっくりと腰を動かし始めた。

「あっ……」

「それだけ言えるなら、余裕あるよね？　もっとプリムを感じさせてよ」

「んんっ、んっ……」

中に埋められた肉棒が蜜壺の中を動き始める。

私の様子を窺うようなゆっくりとした動きだ。カリ首が膣壁を擦り上げる感覚に甘ったるい声が出る。

「ああんっ」

「気持ち良い？」

「……はい」

「痛みは？」

「少しあるけど、大丈夫です」

実際、残っている痛みよりも膣壁を擦られる甘やかな刺激の方に意識は向いていた。

カリ首に引っ掻かれるたびに、強請るような声が出てしまう。

「はあんっ……」

「可愛い声。ねえ、好きな人とひとつになるってすごく気持ち良いね。俺、性交がこんなに心地良いものだと思っていなかったよ。どんなものか説明された時だって、気持ち悪いとしか思えなかったのに」

「んっ、あっ……」

「君が相手だとしたいって思ったし、実際してみたら気持ち良すぎておかしくなりそうだし……ねえ、君といると俺の色んなものがひっくり返された気持ちになるんだけど」

ジュリアンが熱に浮かされたように告げるも、それに返せる余裕なんて私にあるはずもない。

腰を掴んで揺さぶられると、切っ先が膣奥に当たり、キュンキュンと子宮が疼くのだ。

もっとと言わんばかりに屹立を締め付けてしまうし、愛液だって際限なく溢れてくる。

痛みなんてとうに消え、すでに気持ち良さしかない。

だが、ジュリアンは私が答えなかったことが不満だったようで、グリグリと腰を押し回してきた。

新たな刺激に視界の奥がパチパチとする。

「ふあっ、あっ、あっ……あーっ！」

肉棒が膣壁をゴリゴリと削っていく感覚に翻弄される。

腹筋がキュウッと引き絞られすぎて痛いくらいだ。襞は肉棒を奥へ奥へと招き、離れる素振りもない。

ずんずんと力強く抽送されると、その音が頭の中にまで響いてくるような心地さえした。

「はあ、ああ、ああ……」

身体に力が入らない。なのにお腹だけは痛いくらいに収縮し、肉棒を銜え込んでいる。

ジュリアンから与えられる快楽は想像を絶するもので、どうするのが正しいのか分からない私は、それに身を委ねる他はなかった。

ジュリアンが熱い息を零しながら言う。

「はあ……気持ち良い。プリム、愛してるよ。ずっとこうしていたいくらい。だけど俺も君もそろそろ限界だから出すね。良いかな？」

「……は……い……」

「中に出すから。——俺の花嫁になる覚悟をして」

「っ！」

身体を倒し、甘く囁かれた。

その言葉にドキドキする。嬉しいと思った瞬間、腹の奥が複雑にうねり始めた。あまりにも正直すぎる身体の反応に自分でも呆れるくらいだ。

だけど嬉しいのだから仕方ない。

私は彼の首に己の両手を伸ばし、巻き付けた。

彼の言葉に応えるように言う。

「あなたが好きです。だから私を、ジュリアンのお嫁さんにして下さい」

「っ！　ああ、俺も君のことを愛してる！」

カッと頬を染め、ジュリアンが叫ぶ。

そうして今までとは比較にならないほどの速さで腰を打ち付け始めた。ただ欲を吐き出すためだけの動きが、何故かとても気持ち良い。

「あっ、あっ、あっ、あっ……！」

前後に身体が揺れる。強い抽送に、腹の奥が熱くなってくる。

「ひうっ。熱い……」

肉棒が鞘道を往復するたび、熱は新たに籠もり、表現しようのないものに追い立てられる気持ちになる。

「はっ、あっ、あっ」

「プリム……好き、好きだ……君だけが俺の……」

「ジュリアンっ……！」

切羽詰まった叫びが心の奥深くに響く。

愛されているのだと分かる声が、どうしようもなく嬉しかった。

「ひっ、あっ……また太く……」

気のせいだろうか。肉棒が硬度を増し、更に太くなったように思う。

蜜路を押し広げた屹立が、その切っ先を膣奥へと強く押しつけている。

「あああああっ……」

ぐん、と子宮が押し上げられたような感覚がした。それとほぼ同時に熱いものが腹の中に浴びせかけられる。

それは腹の奥底へと流れていき、私は全部を彼に明け渡したのだと知った。

「んっ、んんっ……」

吐精はそれだけでは終わらなかった。ジュリアンは膣奥に亀頭を押しつけたまま、じっとし、息を吐き出している。

多量の精が中に注がれているのを感じ、目を閉じた。

やがて全てを注ぎ切ったジュリアンは、腰を数回振り、ゆっくりと肉棒を引き抜いた。

「えっ……!?」

ドポッという通常聞くことがないような音が聞こえ、吃驚した。

なんだと思い、身体を起こすと、股の間から彼の吐き出した白濁が零れ落ちているのが見えた。

粘度の高いそれはツンとした匂いがしており、薄らとピンク色が混じっている。

あまりに恥ずかしい光景に、慌てて足を閉じた。

「〜〜！」

「別に恥ずかしがらなくてもいいのに」

「恥ずかしいですよ！」

抱かれている時はそれどころではなかったから、途中から何も気にしなくなったけれど、終わった今は理性が戻ってきているのだ。

事後ですと言わんばかりの今の状況が恥ずかしくないはずがない。

ただ、嫌だというわけではないので、そこははっきりさせておかなければと思った私は彼に言った。

「あの！　ひとつ言っておきますけど、恥ずかしいだけで嫌とかではないですから！」

目を見て言うと、彼は驚いたような顔をし、すぐに「うん」と頷いた。

「知ってる。だってプリム、今もすごく可愛い顔してくれてるから。嫌がってるなんて思わないよ」

「……だったら良いんです」

変な誤解をされるのは嫌だったので、きちんとこちらの気持ちが伝わっているのは良かったが、可愛い顔をしていると言われたのはちょっとキた。

なんとなくだけど照れてしまう。

そんな私を見たジュリアンは嬉しそうに笑い、私の身体を引き寄せる。

「わっ、な、なんですか？」

「んー、冷えてきたから、プリムで暖を取ろうと思って。……うん、温かい」

すりっと頬ずりされる。確かに先ほどまで汗を掻くくらいに暑かったが、今は少し冷えてきた。

彼の裸の胸にもたれかかる。今までとは違う近い距離感が幸せだった。

ジュリアンが私を抱きしめ、近くにあった掛け布団を引き寄せる。

「疲れたし、そろそろ寝よう？　裸のままだけど構わないよね？　俺、プリムの肌を感じながら寝たいなあ」

「えっ、部屋に戻られないんですか？」

確かに時間はもう遅いが、まさかここに泊まっていくと言い出すとは思わなかった。てっきり終わったあとは自分の部屋に帰るものと思ったのだが、どうやら違うようだ。

ジュリアンがムッとしながら文句を言う。

「え、何。俺がいちゃ駄目なの？」

「だ、駄目ってことはありませんけど……」

事後処理とかもあるし、できれば帰って欲しいのだけれどジュリアンは動こうとしない。

私を抱きしめ、すっかり同じベッドで眠るつもりのようだ。

「駄目じゃないならいいよね？　それにほら、俺、不眠症でしょ？　今からひとりで部屋に戻ったところで眠れるとは思えないんだよね。でも、なんとなくプリムと一緒ならぐっすり眠れるような気がするんだよ。肌と肌を触れ合わせて、君を抱きしめて眠れば、きっと熟睡できるって。だからさ、帰れなんて言わないでよ」

「……う、分かりました」

そんな風に言われて断れるはずがない。

実際、彼が不眠症であることはよく知っているのだ。その彼が、私と一緒なら眠れるような気がするというのなら、付き合ってあげたいとそう思う。

「そういう理由なら構いませんけど……ジュリアン、なんだか甘えたに拍車が掛かっていませんか？」

「え、そうかな」

スリスリと私に頬ずりをしているジュリアンは酷く満足そうだ。

一緒に寝る許可を得たことが相当嬉しいらしい。

「自分ではあまり変わった感じはないんだけど……えー、でもプリムになら甘えてもいいと思っているのは本当かも。プリムは俺を裏切らない。俺を受け入れてくれるって信じてるから。でも、そんな風に思われるのが負担なら止めるよ」

「止めなくて良いです。私になら存分に甘えて下さって構いませんよ」

ちょっと残念そうに言われ、即座に告げた。

本当は甘えたいのに甘えられない彼が、ようやく素直に甘えられると思った相手が私なのだ。できる限り受け止めてあげるべきだろう。私も嫌ではないし。

「少し態度が変わったように見えたので、気になっただけです。私も甘えて貰えるのは嬉しいですから。気を許したワンコが素直に甘えてくる様ってすごく可愛いでしょう?」

「あ、また俺のことワンコ扱いした」

「ふふっ、すみません。つい」

ムッと口を尖らせ文句を言ってくるジュリアンが可愛い。

見た目は格好良い素敵な王子様なのに、本当の彼はこういう人なのだ。

素の彼を見せて貰えていることがとても嬉しかった。

私は彼の頭に手を伸ばし、ゆっくりとその髪を撫でた。

「もう、寝ましょう? おやすみなさい、ジュリアン。良い夢が見られますように」

近くに顔があったので、ついでとばかりに口づける。

お休みのキスというやつだ。

「えっ、ええ?」

まさかそんなことをされると思っていなかったらしいジュリアンが目を丸くする。

だけどすぐに破顔した。私を強く抱きしめ、目を細めながら言う。

「うん、お休み、プリム。君がいるんだもの。きっと良い夢が見られると思うよ」

「はい、きっと」

にこりと笑う。

そのまま私たちは抱きしめ合って、夢の世界へ旅立った。

◇◇◇

カーテンの隙間から朝の光が降り注いでいる。

そろそろ起床時間だろうか。ゆっくりと目を開けると、そこには私を抱きしめたまま爆睡するジュリアンの姿があった。

「……」

熟睡している。

誰がどう見てもぐっすり眠っていた。

どうやら彼は、あれから無事寝ることができたらしい。そのことにホッとしつつ、せっかく眠れているのだから邪魔はしない方が良いかなと思った。

そっと抜け出そうとするも、ジュリアンはしっかり私を抱きしめたまま眠っていて、気づかれず起き上がることは無理そうだ。

熟睡している彼をじっと見る。寝息は規則的で、狸寝入りしているということもなさそうだった。

――もう少し寝かせてあげたいなあ。

普段、あまり眠れていないと聞いているだけに、眠れている時くらいは心ゆくまで寝かせてあげたい。

だが、そう上手くはいかないようで、どうしようか考えていると寝室の扉がノックされる音が聞こえてきた。

「プリムローズ様、おはようございます。確か、午前中に出立されるとおっしゃっていましたよね？　そろそろ起きないとまずいですよ」

「あっ……」

「……」

声を掛けてきたのは、女官のシャロンだ。

彼女は昨日、ジュリアンに追い出され、そのあとこちらには戻ってこなかった。

夜も遅かったし、自室へ帰ったのだろう。それはそれで構わない。

ただ、問題なのは、彼女が今朝になって、屋敷に帰る私を起こしにやってきたこと。

朝、起こしにくるのはいつものことだし、普段は有り難いと思っているのだけれど、今日だけはまずいと思った。

だって、ジュリアンがいる。

――ど、どうしよう。

結局、あのあと碌に事後の処理もせず、抱きしめ合ったまま眠ってしまった。

私もジュリアンも裸。着ていた服は彼により、あちらこちらに放り投げられてしまったのでかき集めるのも至難《しなん》の業《わざ》だ。

一体どういう行動を取るのが最善なのか。

本気で分からず困っていると、なかなか返事をしなかったことで、まだ眠っていると判断したのか、シャロンが寝室の扉を開け放った。

「もう！　入りますよ、プリムローズ様。いい加減起きていただかないと、朝食の時間が……って、え……？」

「……」

制止する暇もなかった。

彼女の目には私と、私を抱きしめるジュリアンの姿が間違いなく映っている。

予想しなかった光景を目の当たりにした彼女は、時が止まったように身動きひとつしなかった。

「え……え？」

「ええと、あの……」

「えええええええええ⁉」

素っ頓狂な声を上げるシャロン。それだけ驚いたのだろうが、さすがにそんな大声を聞いて眠ってはいられなかったのか、ジュリアンが目を覚ました。

「うるさい……せっかく良い気分で寝てたのに……何？」

鬱陶《うっとう》しそうに告げ、彼が起き上がる。裸の上半身が露わになった。

それを目撃したシャロンが大きく目を見張る。

「で、で、で……殿下……」

「ん？　君？　どうしてこんなところに……って、あ、そうか朝かぁ……」

納得したような顔をし、ぐっと伸びをするジュリアン。そうして彼は私を見てにっこりと笑った。

「おはよう、プリム。やっぱり君ってすごいね。あんなに早く寝付けたのは初めてだったよ。信じられないくらい身体が軽い。ね、今夜からも一緒に寝よう？　もうひとり寝なんてしたくないよ」

甘ったるい声で告げるジュリアンを、シャロンが信じられないという顔で見ている。

私はといえば、身の置き所がなくて酷く困っていた。

どうしよう、どうしようと思っていると、我に返ったのかシャロンがジュリアンにおそるおそる尋ねた。

「あ、あの……殿下。これは一体？」

「ん？　君も俺が昨日プリムを訪ねてきたのは知ってるでしょ。俺たちはそういう関係になったの。つまり、プリムが屋敷に帰る必要はなくなったってこと。だって、彼女は俺の正式な婚約者になったわけなんだからね。……ねえ、いつまでも突っ立ってないで、女官長でも侍従長でも誰でも良いから今君が見たことを報告してきなよ。王子がついに婚約者を決めたってさ。あ、あと、お腹が空いたから、俺の分の朝食もこっちに運んでくれる？　もちろんプリムの分もね」

「……」

「返事は？」

「は、はいっ！」

与えられる情報量の多さに呆然としていたシャロンだったが、ジュリアンに睨まれ、慌てて首を縦に振った。踵を返し、バタバタと部屋を出て行く。

しばらくして「女官長〜！　殿下が！　殿下が!!」という彼女の大声がこちらまで聞こえてきた。

ジュリアンが眉を顰める。

「うるさっ。彼女、ちょっとがさつだよね。まあ、俺とプリムのことを城中に広めてくれるのならそれで良いんだけど。で、プリムはいつまでベッドの中に隠れてるつもり？　さっさと出てきなよ」

「きゃっ……」

腕を引っ張られ、無理やり身体を起こされた。明るい日差しの中素肌を見られ、カッと顔が赤くなる。

「ちょ……ジュリアン」

「あ。俺の付けた跡が残ってるね。……うん、想像していたより良い気分だな、これ」

彼が昨夜付けた所有痕のことを言われ、慌てて確認する。

胸回りにびっしり赤い痣ができていた。

「あ……」

「ふふ、今夜も増やしてあげるね」

痣になった場所に、ジュリアンが遠慮無く吸い付いてくる。それを必死で引き剝がした。

「駄目、駄目ですって！　もう、シャロンたちが戻ってくるんですから！」

ふたりきりの時なら好きにしてくれればいいが、人が来ると分かっている時にすることではない。

だがジュリアンは全く気にならないようだ。

「大丈夫だって。むしろ、報告通りだって喜ばれるだけだから。あ、それなら、今からもう一回戦する？　現場を見れば、彼らも疑いようがないと思うんだけど——」

「しませんっ！」

さすがにそれは嫌だ。

真っ赤になって叫んだ私を、ジュリアンは「冗談だって」と強ち冗談でもない顔で笑って、抱きしめた。

第四章　蜜月

すったもんだあったが、なんとか無事、ジュリアンと私の婚約は認められ、私は彼の正式な婚約者となった。

ここに至るまでには本当に色々あった。

具体的には、あの、身体を重ねた翌朝。

混乱の極致にありつつもシャロンは女官長と侍従長を連れて戻ってきた。

私たちの状況を確認した女官長たちは、卒倒せんばかり。

まさかここにきて王子が婚約者候補に手を出すとは思っていなかったらしく、彼らも大分、動揺していた。

それはそれとして、とても喜ばれたけど。

「殿下が！　ついに!!」

半狂乱で叫んだ女官長のあの声を、私はきっと忘れないだろう。

どれだけ彼らがジュリアンの結婚が決まらないことを憂えていたのかがよく分かる魂の叫びだったと思う。

私は丁重な手つきで風呂に入れられ、女官たちに身体のあちこちを確認された。

ジュリアンはジュリアンで侍従長に聞き取り調査をされたらしい。

なかなか信じて貰えなくて腹が立ったと、大分機嫌を損ねていた。

とはいえ、シーツには破瓜のあとも残っていたし、既成事実があったことはわりとあっさり認められたのだけれど。

重鎮たちには、最早王子は結婚するつもりはないのではと思われ始めていたようで、婚約者内定の一報に、城の関係者は万歳三唱だったとか。

これで、王国の未来は明るいと、よくやってくれたと後日、宰相と国王から涙を流して喜ばれた時には、どれだけ不安視されていたんだと思ってしまった。

父にも呼び出されたけれど、私がジュリアンのことを本気で好きだと知ると、あっさりと「幸せになりなさい」と言って話を終わらせた。

この結婚に私の意思はあるのか。父が知りたかったのは、その一点だけだったらしい。

なんとなく、父らしいなと思ったし、そういうことを気に掛けてくれるのは嬉しかった。

そういえば、改めて私付きとなったシャロンにも「おめでとうございます」と祝われた。

彼女は、私がジュリアンの婚約者となったことを心から喜んでくれたのだ。

「あなたなら、応援できます」と言い、これからもお世話させていただきますねと笑ってくれた。

シャロンのことは頼りになる女官だとこの半年でよく分かっていたので、彼女が祝ってくれたことは素直に嬉しい。

こうして私とジュリアンは無事、婚約者という関係になったわけだが、そうなると、今度は当たり前だが、結婚式の話が持ち上がってきた。

まさかこのタイミングで婚約者が内定するとは誰も思っていなかったので、何も準備はできていない。

まさにいちから。だが、それでも急ぎに急いで挙式は一年後に決定した。

私も実家の伯爵家へ帰るのではなく、彼の婚約者として城にこのまま滞在することが決まった。

私としては挙式までの間、屋敷に帰っていても良いのではと思わなくもないのだけれど、とにかくジュリアンが嫌がったのだ。

せっかくできた婚約者と離れるのは嫌だと我が儘を言い、私を帰さない方向へ話を持っていかせたとか。

婚約者に固執する彼を見て、皆、よし分かった、そうしようという話になったと聞いた時には、皆が皆、ジュリアンに甘すぎると思ったものだ。

もちろん私が一番彼に甘いことなど自覚しているけれど。

そうして順調に外堀を埋められていくのを眺めている現状、当事者のひとりであるジュリアンはといえば、私にべったりだった。

あの、自分に触るなと鋭い目をして他人を拒絶していたのが嘘のように、通常でも私にくっついてくる。

言葉だって甘い。

どうやら彼は、甘やかして欲しいタイプであると同時に、好きな人を愛でたい性分でもあったようだ。

好きな相手限定にはなるけれど、スキンシップもかなり過多な方。

側にいる時は、大概、膝枕を強請られているか、彼が後ろから私を抱え込んでいるかのどちらかである。

まあ、良いのだけれど。

私とくっついているとどうも精神的に安定するようだし、甘えてくる相手がいると、反射で甘やかしてしまうのが私だからだ。

自分にしか懐かないワンコを可愛がるのは飼い主の役目でもある。

弟にはさすがに見えなくなったが、相変わらずジュリアンのことがワンコのように思えている私は、彼を可愛い可愛いとひたすらに可愛がっていた。

もちろん、今日も。

「んー、疲れた」

「お疲れ様です、ジュリアン。今日も頑張りましたね」

「うん、俺すごく頑張った」

夕方。

ロングソファに座る私の膝の上に、遠慮無く頭を置いた彼は、ストレスと闘うかのようにキュウッと目を瞑っていた。

最近の彼は仕事が終わると一目散に私の部屋にやってくるのだ。

疲れたと嘆く彼の頭をよしよしと撫でる。

季節はすっかり冬。

気温が低く、雪が積もることも少なくない中では、真夜中のお茶会もできないが、毎日のようにジュリアンが私の部屋にやってくるので、寂しさは全く感じていなかった。

「もうさ、皆俺に仕事を押しつけすぎだと思うんだよね」

「そうですね。ジュリアンは優秀ですから、皆きっと、あなたならできると思ってしまうんでしょうね」

「……うん」

「でも、疲労を溜め込みすぎるのはよくないですから、適度に休んで下さいね。あなたが倒れてしまったら悲しいので」

「うん……俺もそれは嫌だ。……ね、プリム。耳かきしてくれる?」

「耳かきですか?　良いですよ」

ジュリアンの要望に頷く。

耳かき。

それは私が実家でよく弟たちにやっていたことだ。

疲れたジュリアンを甘やかしてやろうと思った時に、そのことを思い出し、一度試したのだけれど、それ以来、定期的に強請られるようになってしまった。

どうやら相当気に入ったらしい。

「君に耳かきしてもらってる時間って、本当に幸せだなあって思うんだよ」

「それは光栄ですね。私も楽しいですよ」

あまり奥の方まで耳垢掃除をすると、鼓膜を傷めてしまうので、入り口の辺りだけを優しく掃除する。

ジュリアンはうっとりと息を吐いた。

「あ～、幸せ。俺、本当に君と出会えて良かった」

「私もあなたに会えて良かったと思っていますよ」

「本当？」

「はい」

返事をしてから、耳掃除に集中する。優しくしすぎたのか、ジュリアンが「擽ったい」と言って笑った。

「ちょっと、動かないで下さい。危ないんですから」

「えー、だって擽ったいんだよ」

「我慢して下さい」

「はあい」

上機嫌に目を瞑るジュリアンはリラックスしている様子で、自然と笑みが零れる。

私がいると眠れると言っていたのは本当のようで、あれから彼の睡眠事情はかなり改善されていた。

目の下の隈も大分薄くなっているし、顔色も良いと思える日が多い。

多分、構って欲しいだけなんだろうなと分かっているので、急がず、時間を掛けてゆっくりと耳掃除をする。

片耳が終わったところで声を掛けた。

「反対側を向いて下さい」

「ん」

素直に頭を反対に向けてくる。頭を持ち、あまり溜まっていない耳垢の掃除を始めた。

「あ、そういえば」

「何？」

ふと、思い出したことがあったので、声を掛ける。目を瞑っていたジュリアンが、パチリと目を開けた。

「何かあった？」

「いえ、大したことではないのですけど……その、できれば二日ほど、実家に帰らせていただきたいなと思いまして」

「ええええっ!?　だめだよ！　何言ってるの！」

ジュリアンがガバッと起き上がってくる。慌てて耳かきを引っ込めた。

タイミングが悪ければ、耳を傷つけてしまうところだった。危ない。

「気をつけて下さい！　耳は繊細な器官なんですよ！」

「君が悪いんじゃないか。いきなり実家に帰るなんて言うから！　どういうこと？　絶対に許さないから！」

起き上がったジュリアンが私を睨み付けてくる。そうして私を離すまいと思いきり抱きしめた。

「ちょ……ちょっと」

「駄目。絶対に駄目。俺から離れるなんて許さない。ねえ、プリム。君を愛しているんだよ。俺の何が気に入らなかったのかは分からないけど、君が嫌だと思うところは直すから……だから、俺を置いていかないで」

「……二日ほど帰るだけなんですけど」

大袈裟である。

私は私を離そうとしないジュリアンの頭をポンポンと軽く撫でるように叩いた。

「ジュリアン」

「……嫌だ」

「ジュリアンってば……」

「君と二日も離れるなんて無理なんだけど」

声音から、彼が本気で嫌がっているのが伝わってくる。思わず苦笑してしまった。

「ジュリアンは甘えん坊ですね」

「……君がこんな俺でいいって言ったんじゃないか」

「はい。構いませんし、そんなあなたが好きですけど、実家には帰らせて下さいね」

「……なんで。俺のことが好きならずっと一緒にいてくれたら良いじゃないか」

「そうしたいのは山々なのですけど、思い出してしまいまして。ほら、私、弟や妹たちのために編み物をしていたでしょう？」

「……今となっては腹立たしい限りだけどしていたね。ねえ、今度は俺のために何か作ってよ。俺は婚約者なのに、君の手作りを貰えないとかありえないと思うんだけど」

「はいはい。それはそうしますけど……話を戻しますね。つまり私はできた作品を、弟たちに渡しに行きたいんですよ」

「……」

目的を告げる。

私に弟妹がたくさんいて、そして編み物をしていたことは彼もよく知っている。私は家族のことが好きだから、折に触れ、話していたし。

「……日帰りで良くない？」

おそらく譲歩したのだろう。しばらくの沈黙のあと、答えがあった。

「そうしようかなとも思ったのですけど、なかなか帰る機会もありませんから。それに、弟たちには半年で帰ると約束して出てきたんですよ。その約束を破ってしまったこともあるので、一泊して久しぶりに弟たちを甘やかしてこようかな、と」

「何それ、ずるい！　君に甘やかしてもらうのは俺の特権だから！」

「弟たちにまで嫉妬しないで下さいよ。ね、ジュリアン、本当に駄目ですか？　私、弟たちにあなたの話もしたいなって思っているんですけど」

「……俺の？」

「はい。きっと弟たち、私のことを心配していると思いますから。素敵な王子様と結婚することになった。私は幸せだから大丈夫だって言ってあげたいんですよ」

心から告げる。

私を抱きしめる腕の力が少し緩まった気がした。ジュリアンがじっと私の顔を覗き込んでくる。

「ジュリアン？」

「じゃあ、俺も行く」

「へ？」

「俺も行くって言ってるの。俺のことを話すんでしょ。それなら本物がいた方が分かりやすいと思うし」

まさかの一緒に行く発言に戸惑う。

「いやあの、ご存じでしょうけど、うちの家、すごく貧乏ですよ!?　ジュリアンが滞在できるような家では……」

「別に俺、気にしないし。そんなことよりプリムが側にいないことの方が問題。あーあ、せっかく最近は毎晩ぐっすり眠れていたのにな。プリムがいない夜、俺はひとりで眠れないまま夜を明かすんだ。……その頃、プリムは弟妹たちと楽しんでいるんだろうけどね」

「言い方！　分かりました、分かりましたよ！　襤褸屋敷で構わないのでしたらどうぞ！」

まるで置いていく私が悪いみたいな言い方をされ、諦めた。

何せジュリアンはどうあっても引く気が無い。

絶対についていってやるという気迫を感じ取ってしまえば、私が折れるしかなかったのだ。

「え、いいの？　嬉しいな。プリムの家にお泊まりか〜。楽しみだな」

打って変わって上機嫌になったジュリアンが、ニコニコと言う。

こうして、ジュリアンによる私の実家訪問が決まってしまった。

◇◇◇

「ふうん、ここが君が住んでいた屋敷なんだ」

馬車から降りたジュリアンが屋敷を見上げる。

古いだけが取り柄の我が家。

あの、ついていくとジュリアンが宣言した日から二週間。

なんとか時間を作った彼と私は、私の実家である伯爵家を訪れていた。

「使用人が少ないので、あまり綺麗とは言えませんけど……」

一応釘を刺しておく。しげしげと家を見ていたジュリアンは頷いた。

「分かってるし、別に気にしないって言った。君の家の経済事情は知っているから立ち入るつもりはないよ」

「助かります」

はっきり言って貰えた方がホッとする。

彼はいつものように襟なしの長い上衣を着ていたが、その上に厚手のコートを羽織っていた。更にはもこもこの帽子まで。どうやら寒さに弱いらしい。

外に出てからずっと、寒い寒いと震えている。

「もう……寒いのが苦手なら、無理についてこなくても良かったのに……」

「寒いのも嫌いだけど、プリムがいない方が無理だから。うう……別に屋敷が古いのはどうでもいいけど、中が暖かいかどうかだけは気になる……。ね、プリム。中も極寒、なんてことはないよね？」

不安そうに聞いてくる彼は、よく見ると手袋もしている。靴も暖かそうなブーツだ。

「大丈夫ですよ。薪は春夏に準備していますから、不足はないはずです。暖炉で温まりましょうね」

「……うん。くしゅっ……」

よほど寒いのか、くしゃみまでし始めたジュリアンを見る。

寒さが苦手なのに、それよりも私と離れる方が嫌だなんていうこの人を、やっぱり好きだなあと思った。

私は、私に心を傾けてくれる人が好きなのだ。その量が大きければ大きいほど嬉しいと思ってしまうし、応えたいとも思う。

「入りましょうか。今日は父がいるはずですので」

「……うん」

ずずっと鼻を啜るジュリアンを連れ、屋敷の扉を開ける。

今日、実家に帰ることは、当然、事前に父に話していた。ジュリアンも来るというのなら余計だ。

父は「殿下も来られるのか、それは大変だね」とあまり大変ではなさそうな声で言っていた。

「ただいま戻りました」

「あねうえっ！」

重い扉を開け、中に入ると、ものすごい勢いで小さな身体が突撃してきた。

私に抱きついているのは、一番下の弟のアッシュだ。

彼はグリグリと私の腹に頭を押しつけている。

「アッシュ、ただいま」

「あねうえ、遅いです……ぐす、すぐ帰るって言ってたのに」

「ごめんね」

よしよしと頭を撫でる……が、その手はジュリアンに止められた。

「ジュリアン？」

どうして邪魔をしてくるのかと彼を見る。ジュリアンは不機嫌ですと分かりやすい顔をしながら私に言った。

「……君が撫でるのは俺だけで良くない？」

「いや、そういうわけには。それに、弟ですよ？」

「弟だから何？　俺、あんまり心が広い方じゃないんだよね」

「……」

広い方ではないどころか、狭すぎる。

狭量な自覚はあるようで何よりだが、六歳の弟相手に本気で嫉妬しているのには困った。

まさかここまで妬いてくるとは思わなかったのだ。

いや、妬いてくれること自体は嬉しいのだけれど、家族相手に嫉妬されるのはさすがに困惑するのである。

「ジュリアン」

「……」

つーん、とそっぽを向くジュリアンは、全く悪いと思っていない様子だ。

弟は弟で、撫でられるのを止められたのが嫌だったらしく、怒ってくる。

「あねうえ！　どうして止めるの!?」

「ごめんね、アッシュ。私も止めるつもりはなかったんだけど」

「だーかーら！　俺を差し置いてとか許さないって言ってるよね？」

……カオスである。

これは初っぱなから収拾がつかないぞと思っていると、のんびりとやってきた父が言った。

「殿下。この度はわざわざご足労いただきありがとうございます」

「……うん。忙しいところ悪かったね」

「いいえ。私も殿下と娘が並んでいるところが見たいと思いましたので、大丈夫ですよ。さ、立ち話もなんですし、どうぞ」

にこにこと笑い、一階にある応接室へと案内する。

さすがに父がいる前ではそこまで大人げないこともできなかったのか、ジュリアンは素直に父についていった。振り返り、私に言う。

「何してるの、プリム、行くよ」

「はいはい」

「君は俺から離れては駄目。分かった？」

「分かっていますよ」

返事をすると、ならばいいとばかりに頷かれた。

本当に彼と想いを交わし、正式な婚約者となってからというもの、ジュリアンの私に対する執着というか依存が進んだように思う。

今まで、心を許せる人がいなかった彼を思えばそれも当然なのかもしれないけれど。

まあ、私にできるのはそんな彼を受け入れることくらいだ。

可愛いと思うので全く問題はない。

私に抱きついていたアッシュと手を繋ぎ、ふたりのあとについていく。

アッシュだけでなく、いつの間にか集まっていた他の弟や妹たちもぞろぞろと歩き出した。

「姉さん！」

ふたつ下の妹、アマリリスが繋いでいない方の手を握ってくる。

「お帰りなさい！」

嬉しそうに告げてくれる言葉に、自然と笑みが零れる。

「ただいま」

帰宅を告げると、次々に弟や妹たちが話し掛けてくる。

それを嬉しく思いながら、私は応接室へと歩いていった。

◇◇◇

「ああ……生き返る……」

応接室に入ると、ホッとするほどの温度が私たちを包んだ。

部屋の中にいた母がニコニコとしている。

どうやら母があらかじめ部屋を暖めてくれていたようだ。

「暖炉の前の席にどうぞ」

「うん、ありがとう」

父の言葉に素直に頷き、ジュリアンがいそいそとそちらへ行く。その際、彼が着込んでいたコートと帽子を預かった。あまりにも冷えていて、今の今まで脱げなかったのだ。

目元まで帽子を深く被り、首を竦めていたので、彼の顔を弟たちはあまり見えていなかったらしい。

突然現れた美丈夫を見て、ポカンと目を丸くし、見惚れていた。

「うわ……格好良い」

「本物の王子様だ、すごい……」

特に反応が顕著だったのが妹たちだった。

ジュリアンの顔を見たアマリリスが、ボッと顔を赤くする。

ジュリアンは慣れた様子でにっこりと微笑んだ。

「ありがとう。君たちもとても可愛いよ。プリムの妹なんだってね。じゃあ、俺の妹にもなるわけだ。宜しく」

「よ、宜しくお願いします……。姉さん、ジュリアン殿下ってこんなに格好良い方だったの⁉ 良いなあ！」

アマリリスが私に突撃してきた。その顔がキラキラと輝いている。

妹はとても面食いかつ、夢見がちなところがある子なので、ジュリアンみたいなタイプには弱いだろう。

「羨ましい……」

「……ジュリアンの婚約者は私だから」

不穏な空気を察し、思わず言った。

万が一、ジュリアンを譲れ、なんて言われたらと焦ったのだ。

妹は可愛いけれど、好きな人を譲ろうとは思わない。

「姉さん……」

何故かアマリリスが吃驚したような顔をして、私を見てきた。

「な、何？」

何か変なことでも言っただろうか。動揺していると、妹は楽しそうに笑い始めた。

「あははっ。姉さんったら、嫉妬してるの？　大丈夫、取らないって。大体、殿下は姉さんが良いって言って、婚約することになったんでしょ？　それを分かってて、言うわけないじゃない。ただ、格好良い人だなあ、そういう人に出会った姉さんが羨ましいなあって思っただけよ」

「……」

軽い口調で言われ、身体中が真っ赤になった。

妹相手に大人げなく嫉妬しているのを指摘され、恥ずかしかったのだ。

しかも完全に勘違いだったし。

「え、あの……ご、ごめんね、アマリリス……」

ひたすら小さくなり、謝る。

——あ。

後ろから誰かが覆い被さってきた。そのまま私を抱きすくめる。誰なのか、言われなくてもそんなことをする人はひとりしかいないのですぐに分かった。

ジュリアンだ。

「プリム。妹相手に嫉妬したの？　可愛い」

「……」

声が弾んでいる。嬉しそうだなと思っていると、ジュリアンが言った。

「心配しなくても、俺が好きなのは君だけなのにね。え、でも嬉しいな。俺ってば、プリムに愛されてる？」

「……そんなの今更説明する必要ありますか？」

王家に嫁ぐことに興味なんてなかったのに、今や彼の婚約者だ。しかもその地位を妹にさえ譲るつもりはないのだから、私がどれだけジュリアンに惚れているのか分かろうというもの。

「……ジュリアンは私の、です」

「うん。で、君は俺の、だね」

「……はい」

スリスリと後ろから頬ずりされる。弟たちどころか、両親にまで見られているのが恥ずかしかった。だけど、どんな場所でも変わらずに愛情表現をしてくれることはとても嬉しかったし幸せだった。

「あねうえー！　僕も！」

私にひっついているジュリアンが羨ましかったのか、弟が正面から抱きついてくる。

私たちの様子を見ていた父が苦笑しながら言った。

「これじゃいつまで経ってもキリがない。さ、皆、好きな場所に座りなさい」

「えー」

文句を言いつつも、抱きついていた弟が離れる。

そうして皆が思い思いの場所に座り、楽しい家族団らんの時間が始まった。

◇◇◇

「どうぞ」

皆と楽しく話したあと、私はジュリアンのたっての希望で、自室を案内した。

「何も珍しいものはありませんけど」

言いながら、部屋の扉を開ける。

日常のほぼ全ての時間を弟たちの世話に取られていたので、個室は与えられていたが、殆ど使うことはなかったのだ。

自室よりも子供部屋の方が印象が強いくらいで、だからあまり気が進まなかったのだけれど、ジュリアンの意見は違うようだ。

「あまりいなかったって言っても、君の個人部屋であることは間違いないんでしょう?」

「それは、そうですけど」

寝に帰ることくらいはしていたなと思いながらも頷く。

私が肯定したのを見て、ジュリアンは言った。

「だったら、俺には意味があるよ」

そうして彼を部屋に連れて行くことになったのだけれど、最初は弟たちも一緒に行くと言って聞かなかった。

ようやく帰ってきた私と少しでも一緒にいたいと思ってくれたのだろう。その気持ちは嬉しかったが、さすがに父が引き留めた。

ジュリアンが明らかに不機嫌になっていたのを察していたのかもしれない。

「……君が家族を大事にしているのは知っているし、良いことだと思っているけどさ」

部屋に入りながら、ジュリアンが言う。

「俺は君の婚約者だよ？　もっと優先してくれてもよくない？」

「十分優先していると思いますけど」

「足りない」

拗ねた口調で言われ、苦笑した。

どうやら応接室で、弟たちにばかりかまけていたことを恨んでいるようだ。

弟たちは私がいるのが嬉しいのか、ひたすら話し掛けてきたのだ。私も久しぶりに弟たちを構えるのが楽しく、ジュリアンを蔑ろにしてしまった自覚はある。

それでもなんとかバランスを取ろうと頑張ったのだけれど、ジュリアンには不満だったようだ。

「すみません」

「……皆、君の手編みのプレゼントを貰って嬉しそうだったし。プリム、器用だよね。どれもすっごく上手だった」

「ただの慣れですよ」

昔から編み物は好きでよくやっていたから、手が覚えているのだ。

目を揃えて編めれば、そこそこ見栄えが良いものが仕上がる。そこを念頭に置いてやれば、難しいことは何もない。

「ジュリアンにも今度、マフラーを編みますね」

前に、自分も欲しいと強請られたなと思い出して告げると、彼の機嫌はあっという間によくなった。

「本当に？　嬉しいな。冬は寒いから、もらったらずっとつけてるね」

「……ずっと⁉　あ、あの、できるだけ綺麗に仕上がるように頑張ります」

大勢の人の目に触れる可能性に気づき、真剣になった。

出来が良くないものは絶対に渡せない。ジュリアンならきっとどんな出来でも気にせずつけてくれるのだろうけれど、私が耐えられないのだ。

国王や宰相たちに、ジュリアンが出来の悪いマフラーを身につけているのを見られる。

当然彼らは気づくだろう。

贈り主が誰かということに。そして思うわけだ。

もう少しマシな仕上がりにはできなかったのか、と。

それはなんと言うか、嫌すぎる。

想像して恐怖に震えた私は決意した。

編むことが決定しているのなら、それはもう仕方ない。それなら、会心の作をプレゼントしたい、と。

「頑張ります」

「そんなに気を張ってくれなくていいのに。君がくれるものならどんなものだって嬉しいよ?」

「いいえ。そんなわけには参りません。これは私のプライドの問題ですので、お気になさらず。きっと最高のものを編み上げてみせますから」

キリッとした顔で告げると、ジュリアンはぷっと噴き出した。

「楽しみにしてる。君、編み物には結構拘りがあるんだね。そういえば、以前図書室で見かけた時も編み物の本を探していたくらいだし、もしかしなくても趣味の範囲を超えているんじゃない?」

「趣味ですよ。仕事にするつもりがないんですから。私は、私の好きな人に編んだ物を贈ればそれでいいって思ってるんです。その他大勢のためには頑張れません。結構、編み物って大変なんですから」

「へえ、そうなの？」

「はい」

頷き、説明する。

頭痛、肩こり、腰痛など。同じ姿勢を取り続けることが多いので、痛みには悩まされるという話をすると、ジュリアンは納得したような顔をした。

「なるほどね。確かにどうでもいい人のためにはできないか」

「できません。でも、ジュリアンのためになら頑張りますよ。ジュリアンは、私の大事な人ですから」

そう告げると、ジュリアンは己の口元を押さえた。ほんのりと耳が赤い。

「……その不意打ち、なんなの。嬉しいけど」

「ふふ、そういうところ、ジュリアンって可愛いですよね」

私の言葉に分かりやすく反応してくれるところを可愛いなと、好きだなと思う。

改めて室内に目を向ける。

久しぶりの自室は、私が屋敷を出た時のままだった。ただ、掃除はしてあったし、ベッドカバーなども替えてくれているようだ。

もう、これを使う日は来ないのだろうけれど。

私はジュリアンに嫁ぐことが決まっている。今日は特別に実家に帰ってきたけれど、これからはそういうことも簡単には許されないだろう。当然だ。私は王太子妃になるのだから。

「あんまりものを置いていないんだね」

物珍しそうに部屋を観察しながらジュリアンが言う。その言葉に頷いた。

「先ほども言った通り、私は殆ど子供部屋の方にいましたから。特に欲しいと思うようなものもありませんでしたし。あ、でも毛糸はたくさんありますよ」

近くにあったチェスト。

その引き出しを開ける。中には色とりどりの毛糸玉が入っていた。

「毛糸だけは両親に強請って、よく買ってもらっていました。うちはあまり裕福ではありませんが、それでも本当に欲しいものは買ってくれるんです。ああ、いくつか持って帰ろうかなあ」

お気に入りの毛糸玉を取り、呟く。中にはかなり珍しいものもあるのだ。私以外使う人もいないし、あとで両親に話して持って帰らせて貰えればなと思う。

毛糸玉を見つめながら考えていると、ジュリアンが優しい声で言った。

「うん。君が良い家庭に育ったんだなってことはよく分かったよ」

「はい」

頷きながら思い出す。

私が欲しがるのは大抵、編み物道具関連で、それを分かっていた両親はよく私にプレゼントしてくれたのだ。どこそこへ出掛けてきたから、そこで毛糸玉を買ってきたよ、とか。私を思った行動がとても嬉しかったことを覚えている。

懐かしい気持ちになりながら引き出しを閉める。

ジュリアンが後ろから抱きついてきた。

「ジュリアン？」

「……君が家族思いで、愛されて育ってきたのはよく分かったけどさ、それはそれとして、家族にばかり気を取られて、俺を放置した罪は重いと思うんだよね」

「？」

急に何を言い出すのかと抱きついてくる彼を見上げる。

ジュリアンはムスッとしながら私に言った。

「プリムは俺が寂しがりって知ってるくせに……」

「え、いや、それは……」

確かに知ってはいるけれども、放置したというほど放置してはいないと思う。

だが、ジュリアンはすっかり拗ねてしまった様子で、ギュウギュウと私を抱きしめ文句を言ってくる。

「だからね、悪い子のプリムには、お仕置きが必要だと思うんだよ」

「お、お仕置き、ですか……？」

「うん、お仕置き」

チュッと耳の後ろに口づけを落とし、ジュリアンが楽しげに言う。

その様子から、とても嫌な予感がすると思ってしまった。

ジュリアンが楽しいお仕置きとか、絶対に碌なものではない。

とはいえ、彼が言うことも分かるのだ。

いるのは私の家族ばかりで、ジュリアンにとっては、初対面の人も多い。

しかも彼は人嫌いが治ったわけではないのだ。私だけなら大丈夫というのが本当のところ。

今日だってよくよく観察していれば分かるが、彼は一度も私の家族に触れていないし、触れさせてもいない。

人当たり良く振る舞ってはいたが、それは以前の彼を彷彿とさせる態度で、多分だけれど、大分気を張っていたのではないだろうか。

それならついてこなければいいのではと思わなくもないが、彼にとってはひとりになることの方が嫌だったのだろう。

実は、ずっと緊張していたのだなと気づけば、彼がお仕置きなどと言い出すのも分からなくもなかった。

「……ひとりにして、すみませんでした。ずっと緊張していたんですよね」

ようやく気づいたことを告げると、私を抱きしめる力が強くなった。

「……そうだよ。プリムは俺のこと知ってるはずなのにさ。気づくのが遅い」

「ごめんなさい」

肯定が返ってきて、やはりと思った。彼にとっては今ようやくふたりになれて、やっと気を抜くことができているのだろう。

それに気づけば、すぐに弟たちのところに戻ろうなんて言えなくて、もう少しここで時間を潰してもいいのではと思えた。

「ジュリアン、あの――」

少し話でもしていきませんか。

そう続けようとした私の言葉は、最後まで紡がれなかった。

私に抱きついていたジュリアンは、何を思ったのか私を抱き上げ、すぐ近くにあったベッドに転がしたからだ。

「えっ、えっ？」

何をされているのか。起き上がろうとした私を、ジュリアンがのしかかって押さえ込んでくる。

「ジュリアン？」

「お仕置きって言ったでしょ。今から、君が構わないといけないのは俺だってことを思い知らせてあげるから」

「え……」

私の上から、じわじわと顔を近づけてくる彼を凝視する。

背筋に冷や汗が流れた。

まさか、まさかとは思うけれど、こんなところで「抱く」とかそんな発想は――。

ありえない、そう思おうとした私に、ジュリアンは悪魔の笑みを浮かべながら言った。

「少しくらい戻るのが遅れても構わないよね。俺たちが正式に契約を結んだ婚約者なのは事実だし、ふたり仲良く話が盛り上がってるってきっと思ってくれるよ。だからさ――」

「ひあっ」

首筋を撫でられ、ゾクッと快感が走った。

嘘、と言おうとするも、唇を塞がれ、手首を握られ、抵抗を封じられる。

舌が口腔に潜り込んでくる。

やや強引に口内を掻き混ぜられた。普段とは違う性急な動きに、恥ずかしい話だけれどキュンとしてしまう。

「ジュ、ジュリアン……」

「君が第一に見るべきは誰なのか、教えてあげるよ」

「ちょ……きゃっ……」

ジュリアンが手をスカートの中に入れてくる。手は無遠慮に足を撫で、するすると上に来た。

「えっ、ま、待って……」

「待たない。……君が悪いんだ。俺のこと、放っておくから」

「そ、それは悪かったと思ってますから……んっ！」

上がった手が、下着越しに蜜口に触れた。ビクンと身体が跳ねる。

「可愛い声。でも、あんまり声を出すと気づかれちゃうかもしれないから、声は抑えてくれると助かるかな」

「んっ、な、なら……こんなところでしようとしないで下さいよ」

「えー？　やだ」

くすりと笑い、ジュリアンが私の下着を脱がせる。服は一切乱されていないのに、下着だけを脱がされ、すごく恥ずかしかった。

「ジュリアン!?」

「大丈夫。お仕置きって言っても、君に酷いことはしないから。……するわけないでしょ。

こんなに愛しているのにさ」

「そ、それは分かっていますけど……きゃあっ」

強い力で足を大きく開かされた。明るい室内で行われる淫らな行為が恥ずかしくて堪らない。嫌とかではなく、とにかく恥ずかしくて、なんとか止めさせなければと私は足をばたつかせた。

「ジュリアン……駄目、駄目ですって、こんなところで……！」

「暴れないで。気持ち良くしてあげるから」

「ちょ、何を……」

股座に彼が顔を寄せていく。そうして何を思ったのか、べろりと舐めた。

「ひっ！」

あまりの刺激にビクンと大きく身体が跳ねる。そうする間にも新たな快感がやってきて、私は唯一自由になる上半身を捻った。

「やあ……何を……そんなの……駄目っ……」

チロチロと彼の舌が動いていた。

舌はまるで生き物のように固く閉じた花弁、その割れ目を攻撃していく。

秘めるべき場所を舐められるという、あまりにも予想外すぎる出来事に、頭がついていかない。しかも彼の舌から生み出されるのはとてつもない快楽。

恥ずかしいのに、こんなことは止めて欲しいと思うのに、それ以上にもっとして欲しいと思ってしまう自分がいた。

「ひっ、あっ、あっ……」

「気持ち良いでしょ。もっとしてあげるね」

「ああっ……！」

舌を左右に細かく動かされ、絹を裂くような悲鳴を上げる。嫌だったのではない。たとえようもなく気持ち良かったのだ。

声を出さないようにと思っても、勝手に出てしまう。

なんとか抑えようと私は己の口を手で塞いだ。

だけど気持ち良いのは止まらない。快楽に負け、花弁が少しずつ開いていくのが見なくても分かった。

「んっ、んっ……」

「顔真っ赤にして、自分で口を押さえて……プリム、可愛い」

「も、無理、無理ですから……ジュリアン、もう、やだあ……あああっ！」

膨らんだ花弁をなぞっていた舌が、少し上にある小さな突起部分に触れた。突然訪れた強烈な刺激に抑えようと思った声が出てしまう。

「あっ、駄目……そこ……ああっ、やあ……強くしないでぇ」

「強くって……軽く触れただけだよ。プリム、ここ弱いんだね。それじゃもっとしてあげる」

「あああっ……！」

突起を舌の先で転がされ、あっという間にイってしまった。

我慢する余裕すらなかった。あまりにも敏感な花芽は、少し触れられただけで信じられないほどの気持ち良さを私にもたらしたのだ。

ビクンビクンと腹が小刻みに痙攣する。達した時特有のなんとも言えない怠さが私を包んでいた。

「は……あ……あ……」

「イっちゃった？　可愛い。じゃあほら、後ろ向いて？」

「へ……？　後ろ？」

「うん。四つん這いになってくれると嬉しいんだけど」

ぼんやりとした頭では彼の意図が読み取れない。それでも言われた通り、のろのろと動き、四つん這いになった。

「これで……良いですか？」

「うん。あ、声を出したくないんだったら、枕を使うと良いよ」

「？　枕？　一体なんの話って……あああああっ！」

カチャカチャという金属音が聞こえたと思った直後、熱杭が私を貫いた。

絶頂し、多量に愛液を生み出していた蜜壺は侵入してきた肉棒をいとも易く受け入れる。

今まで一度もされなかった、後ろから挿入という事態に私は頭の中が真っ白になっていた。

ジュリアンが楽しそうに私の腰を穿ちながら言う。

「お仕置きだって言ったでしょ。今日の君のお仕置きは、声を出さないようにして俺に抱かれること。たっぷり気持ち良くしてあげるから、堪えてみせてよ。……失敗したら、君の家族に君が今していること、気づかれちゃうよ？」

「!!」

とんでもないことを言われ、慌てて枕を掴んだ。家族に情事中の声を聞かれるとか絶対に嫌だ。己の顔に枕を押し当て、なんとか声を殺そうとするも肉棒を膣奥に打ち付けられては、我慢できるものもできなくなる。

「〜〜っ！」

襲い来る快楽を必死に堪える。ジュリアンは腰を押し回し、私の気持ちいい場所を的確に突き続けた。

腹の裏側。正常位では擦られることのなかった場所を切っ先で刺激されれば、泣きたいほどの気持ち良さが私を襲う。

「～ぅ！」

「プリム、気持ち良さそう。中が勢いよくうねっているよ。俺のに絡み付いて離れない。もっとってお強請りしてるみたいだね」

「そ、そんなことは……あっ……！」

反射的に言い返そうとし、身体を反らせた。屹立が膣奥を叩いたのだ。ゾクリと腹の奥が震えるような気持ち良さに包まれる。

全身から力が抜けるような心地さえした。

「あっ、あっあぅ……」

枕に顔を押しつけていても声が漏れる。

ジュリアンから与えられる刺激が気持ち良すぎて眩暈がしそうだ。何もかもがどうでもよくなってしまいそうな心地よさに夢中になってしまう。

「あっ、んっ、あっ……」

「声がすごく甘いよ。ねえ、そんなに良いの？」

枕の隙間から漏れる声を聞き、ジュリアンが楽しげに言う。

私はコクコクと何度も頷いた。

「き、気持ち良いです……気持ち良いですから……もう……お願いっ……」

こんな甘い責め苦が続くのは耐えられない。

大声を上げて、周囲を気にせず喘げたのならどんなに良かっただろう。

ただ、快楽のみに集中できる状況なら、今の肉棒が膣奥を押し回す感触も素直に気持ち良いと、もっと欲しいと強請れたのに。

「も……や……。ジュリアン……私が悪かったですから……だから、も……意地悪しないで……」

今はただ、早くこの行為が終わって欲しい。

馬鹿になるほど気持ち良いのに耐えなければならなくて、でもそれが更なる快楽に繋がって、どうしようもなくなっているのだ。

ふたりとも服を着たまま獣のように交わっている現状。声も心配だけれど、もし誰かが部屋の扉を開けてしまったら？

そう思うと、怖くて行為に集中できない。

「お城に……帰ったら……いくらでも付き合いますから……だから……お願い……私、ジュリアン以外にこんなの……見られたくない……」

「それは俺も同じなんだけどね」

泣いて強請ると、腰を振りたくっていたジュリアンの動きが止まった。

「ジュリアン？」

「ねえ、プリム」

「……は……い」

名前を呼ぶ彼にクラクラしつつも返事をする。ジュリアンは私の首筋に唇を落としながら言った。

「お願いだから、あまり俺を寂しがらせないでよ」

「っ……」

「俺には君しかいないんだ。だから――」

告げられた言葉に息を呑む。今までとは声音が違うことに気づいたからだ。

本気で言っていることを察し、振り返って彼を見た。

「ジュリアン――」

「俺が本当の意味で全てを許せるのは君だけなんだよ」

「……」

寂しげな表情に息が止まりそうになる。何も言い返せずただ彼を見つめていると、ジュリアンが言った。

「だから俺を甘やかして、プリム。君だけが俺を甘やかせるんだからさ」

「……はい」

どこか懇願するように告げられた言葉を聞き、ジュリアンを放置した己を深く反省した。

放置したつもりなんてない。

今、彼に言われるまでは少し大袈裟ではないかと思っていたけれど、分かったのだ。

ジュリアンが本気で寂しがっていたことに。

どれくらいの時間で寂しいと思うかはその人次第。そしてジュリアンはそれが人よりも酷く短いのだろう。分かっていたはずなのに分かっていなかった。

自分の感覚で、これくらいで文句を言われるなんてと思ってしまった。

そんな勝手な判断、していいはずなかったのに。

「すみません。私……」

己の罪を理解し、謝ると、ジュリアンは言った。

「いいよ、もう。でも、俺、本当に寂しいから気をつけて」

「分かりました。私、二度とジュリアンのことを放置したりしません」

「うん」

「本当にごめんなさい」

心から謝ると、彼はチュッと頬にキスをした。

「……じゃ、分かってくれたみたいだし、そろそろお仕置きは止めてあげる。いい加減、恥ずかしいでしょ？」

「そ、それは……はい」

正直に頷く。

自室で声を抑えながら抱かれるのは、本当に恥ずかしかったからだ。

「うん、じゃ、おしまいにしよう」

「……ありがとうございます……んっ、あああっ！」

優しい言葉にホッとした次の瞬間、何故か止まっていた肉棒の動きが再開された。

先ほどよりも強く、激しく私の中を抉っていく。

「ジュリアンッ……どうして……んっ」

おしまいにしてくれるのではなかったのか。

今までよりも強い悦楽に襲われ、身体が震える。キュウッと媚肉が雄に絡み付いたのがわかった。もっとというように吸い付き、離れない。

自分の意思とは無関係に肉棒にむしゃぶりつく無数の襞。その襞の感触を楽しみながらジュリアンが言った。

「え、だからお仕置きで焦らすのは止めたんだよ。ほら、君もさっき言ってたじゃないか。早くって」

「えっ……」

「だから、早めに終わってあげようと思って。ちょっと激しくなるけど、俺もイきたいし、もう少し声を出さないように我慢してね」

「ちょ……無理……んんんんんっ！　ひっ……！」

ガツンと強く膣奥を穿たれ、頭の中に星が散った。

軽くイったのだと分かる全身が痺れるような感覚。腹の奥からドッと蜜が溢れていくのを感じ取った。

「ひっ、んっ、んっ……」

ひくひくと身体を震わせていると、ジュリアンは肉棒を抽送する速度を上げた。

軽くではあるがイった直後に強い刺激を受けるのはかなり辛い。

私は振り返り、ジュリアンに懇願した。

「ひゃあっ……おね、お願い……もう少し、待って……」

「駄目。もうすぐ俺もイきそうだから。それにプリムの中もすごいよ？　俺を押し潰そうとしているみたい。すっごく気持ち良い。はあ……こんな淫らな行為が気持ち良いって思えるのは本当にプリムだけだよ。大好き、愛してる」

「ん、あ、わ、私も、愛して……ひんっ」

無意識に膣壁が雄を強く圧迫していた。愛の言葉が嬉しかったのだと誰の目にも分かる動きが恥ずかしい。

「んっ、んんんっ……やあ……ジュリアンッ……好き……」

「うん、俺も大好き。ほら、一緒にイこう？」

「……！」

彼の言葉に何度も頷く。ジュリアンの動きはますます速くなり、私は声を押し殺すのに懸命になった。

「んっ、んっ、んんっ」

ギュウっと枕を強く抱きしめ、与えられる快楽に耐える。だけどその快楽は我慢できるようなものでは到底なくて、今にも大声を上げてアンアンと善がってしまいそうだ。

「ジュリアンッ……」

お願いだから早く終わって欲しい。

その思いが届いたのか、やがてジュリアンは膣奥に肉棒を押しつけ、吐精した。

熱い飛沫が私の中を満たしていく。

「はあ……ああ……ああ……」

ぐったりとベッドに倒れ込む。身体が酷く重かった。

そんな私を後ろから抱きしめたジュリアンが嬉しそうに言う。

「気持ち良かった。君もいつもより感じてたみたいだし。……ね、良かったらまたしない？　たまにはこういうのも刺激的でいいよね？」

「二度としませんっ！　もう、本当に恥ずかしかったんですからっ」

涙目で答えると、ジュリアンは私の顔を覗き込み「プリム」と私の名前を呼んだ。

返事をして彼を見る。彼は私と視線を合わせ、小首を傾げながら言った。

「ごめんね？」

「……」

可愛い。憎たらしいほど可愛かった。

そしてそんな風に言われてしまうと、「いいよ」としか言えないのが私という女で。

「……わ、私も悪かったので、もういいです」

簡単に絆され、結局、彼を許してしまうのだった。

第五章　あなたのことが好きだから

寒かった冬も終わりを迎え、ようやく春がやってきた。

まだ朝晩は肌寒い日が続くが、それももう少しの辛抱だろう。

結婚式の準備は順調に進んでいる。

衣装合わせをしたり、出席者の名前を覚えたり、式の手順を確認したりと、やることはいくらでもあり、目が回るような忙しさが続いていた。

中でも妃教育は、それなりに貴族教育を受けていた私でも厳しく、泣き出したいこともあったけれど、ジュリアンと結婚するためだからと死に物狂いで頑張っていた。

ジュリアンだって暇ではない。

それこそ、王子としての仕事をこなしながら、更に式の準備に追われているのだ。

その忙しさは私の比ではなく、彼を見ていれば、頑張っているのは私だけではないと踏ん張ることができた。

皆が同じ方向を見て、それぞれに努力する。

今はそういう時で、大変だけれどやりがいを感じていたし、最終的には自分のためになると分かっていたので、嫌だとは思わなかった。

ただ、多少の息抜きはしたいと思っているので、もう少し暖かくなれば、また夜の散歩を一緒にしようかという話をしている。

今はどちらも忙しいせいで、彼を甘やかしてあげられていない。

ジュリアンはわりとストレスを溜めやすいタイプであることを知っているので、どこかで思いきり構ってあげたいなと思っていたから、夜の散歩が解禁になる日と、多少時間ができるタイミングを楽しみに待っていた。

そんなある日の午後。

午前中いっぱい、結婚式の時のダンスについて講義を受けた私は、すっかり疲れ果て、テーブルに突っ伏していた。

「……疲れたわ」

「お疲れ様です。大丈夫ですか？」

心配そうに声を掛けてくれるのは、シャロンだ。

城に来た時から、私付きの女官として仕えてくれている彼女は、私が結婚したあとも、王太子妃付きの女官となることが決まっている。

年の近い、気心の知れた彼女がそのまま仕えてくれるのは有り難く、私は彼女のことをとても信頼していた。

それこそジュリアンを除けば、城に住む誰よりも彼女のことを信じていたのだ。

だから、彼女の言葉に何も不審に思うことはなかった。

「ずいぶんとお疲れのご様子ですけど、よろしければお茶をお淹れしましょうか？　疲れが取れるお茶をこの間、厨房から分けていただいたんです」

「ありがとう。是非、お願いするわ」

「はい」

ニコニコと笑い、彼女は私のために時間を掛けて丁寧にお茶を淹れてくれた。

お茶に合うお茶菓子も一緒だ。今日はマドレーヌとフィナンシェを並べてくれた。

「わ、美味しそう」

「私が焼いたわけではなく、厨房からの頂き物ですけどね。でも、料理長のフィナンシェは絶品だと聞きますから」

「頂くわ」

お礼を言い、なんの疑いもなくフィナンシェを囓る。

卵とバターの優しい味わいが口の中に溶けていった。ほうっと小さく息が漏れる。

「美味しい」

「良かった。　お茶もどうぞ」

「ええ」

淹れてもらったカップを取る。

カップの中には、黄金色のお茶が入っていた。透明感があって美しい色合いだ。

匂いも柔らかく、これは期待できそうだと思った私はなんの迷いもなくお茶を口に含んだ。

ほんのりとした甘み。複雑な味わいではなく素直な味が、逆に疲れた身体によく効く。

これはいいと感想を口にしようとして、そこで初めて異変を感じた。

「えっ……？」

なんの脈絡もなく、突然、グラッと視界が揺れた。

胃がひっくり返るような気持ち悪さを感じる。

「な、何？」

尋常ではない異変を感じ、立ち上がろうとするも、身体が動かない。

助けを求めるようにシャロンを見る。

彼女は、酷く歪んだ笑みを浮かべて、私を見ていた。

「あ——シャロン」

——助けて。

そう言いたいのに言葉にならない。今までになく気持ち悪いのが迫り上がってくる。それに気づき、どうしようと思ったところで、意識は途絶えた。

「全部、あんたが悪いのよ。お願いだから死んでちょうだい」

その言葉が聞こえなかったのは果たして良かったのか。

何が起こったのか何も分からないまま、私の意識は暗闇に沈んだ。

◇◇◇

いくらサインしても終わらない書類の山にうんざりしつつも、執務室で頑張っていた時だった。

その凶報がもたらされたのは。

「殿下！　プリムローズ様が毒を盛られました！　現在、医師が治療中です！」

「えっ……？」

一瞬、何を言われたのか本気で理解できなかった。

それくらい、思いもしなかったのだ。プリムが、彼女が毒を盛られるなんて考えもしなかった。

何故、彼女が。

俺を狙うのなら分かる。

俺が次代の国王になることを嫌がっている者たちが一定数いるのは知っているからだ。

今はもうないが、昔は、毒やら暗殺やらを仕掛けられたりもあったし。

だけどプリムを狙う理由は分からない。

彼女は俺にとっては替えの利かない大切な人だけれど、父親は力のない伯爵家の人間で、毒にも薬にもならないタイプ。誰かに恨みを買うような人ではないと知っている。

それなら、彼女個人への恨みか。

没落した伯爵家の娘が俺の妃になることを嫌がる女性たちの誰かの嫌がらせ。

それなら十分に考えられるかもしれない。だけどそんな人間をプリムに近づけるような真似、していなかったと確信を持って言えるのだ。

彼女自身、趣味が編み物というだけあり、好んで部屋から出ようとしないタイプの女性だ。あまり多くの人間と積極的に関わる性格でもない。

それなのに、一体誰がなんの目的で。

グルグルと頭の中に疑問符ばかりが回っていく。

「殿下！」

「っ！」

受けた衝撃が大きすぎたせいで、何も言えなかった俺に、報告に来た兵士が大声でもう一度呼びかけてくる。

ハッと我に返り、その兵士に言った。

「プリムの容態は？　一体誰に、何の毒を盛られた？」

「毒の種類は今のところ不明だそうです。プリムローズ様は意識不明の重体だと……」

「意識不明……」

唇を噛みしめる。

一瞬、過去の映像がフラッシュバックした。

昔、まだ子供だった頃、信頼していた侍従に毒を盛られた俺は、三日三晩生死の境を彷徨い苦しんだ。その時のことを思い出したのだ。

「う……」

吐き気が込み上げてくるのを堪える。

最近までよくあったフラッシュバック。

そのせいで不眠症になっていたのだけれど、ここのところはプリムのお陰でよく眠れていた。彼女が側にいれば気持ちを落ち着けることができたからだ。

プリムがいてくれるのなら大丈夫。そう自然に思うようになっていた。

本当に、いつの間にこんなにも彼女に依存するようになっていたのだろう。

そして今、彼女が倒れたと聞き、すっかり俺は平静ではいられなくなっている。

——なんて、情けない。

己の不甲斐なさが嫌になるが、今はそれどころではない。

「プリムのところに行く。案内して」

「はっ」

とにかく今はプリムの容態を自分の目で確認することが大事。

走り出した兵のあとを追う。

どうか無事でいてくれと、思うのはそれだけだった。

◇◇◇

「プリム！」

「あっははは！　あはははははは!!　あー、おかしい！　最高！」

辿り着いた場所は地獄のような有様だった。

絨毯の上に倒れるプリムを、城に長く勤める侍医のヴェルチが必死で治療している。それをプリム付きの女官、シャロンが、高らかに笑い声を上げながら凝視しているという状況。

とてもではないが、正気とは思えない彼女の様子に、集まっていた兵士たちもどうすればいいのか分からず、近づくに近づけないといった感じだった。

「……」

シャロンの尋常ではない様子も気になるが、まずは懸命に救命活動を行っている侍医に、鋭く尋ねた。

「ヴェルチ。プリムの容態は？」

「あまり良いとは言えません。脈が段々弱くなっていて、どの毒が使われたのか分かれば良いのですがそれも不明で。毒自体は紅茶に盛られていたようなのですけど」

侍医が力なく首を横に振る。それに対し、狂ったように笑っていたシャロンが言った。

「誰が教えるものですか！　プリムローズには死んで貰わないといけないんだから。たとえ殺されたとしても絶対に言わないわ！　言うもんですか！」

その言葉を聞き、シャロンがプリムに毒を盛った犯人と分かった。

プリムがシャロンを信頼していたことは彼女から話を聞いていたから知っている。

彼女のことだ。きっと疑いもせず、紅茶を口に入れたのだろう。

毒が入っているなんて、思いもせず。

「……」

分かる、と思ってしまった。

だって俺も同じだったから。

俺も最初に毒を盛られた時、相手は信頼していた侍従だった。彼に毒を飲まされたと知った時は、言葉では言い表せないくらいの衝撃を受けたのだ。

その感覚をプリムも知ってしまったのだと気づき、酷く胸が痛かった。

犯人であるシャロンは、逃げる様子もなく、その場でケタケタと笑い続けている。

彼女に近づくのを躊躇う兵士たちに一喝した。

「何をしているの。今、その女は自供したよね。きちんと仕事をしてくれるかな。――今すぐその女を捕まえて」

「っ！　し、失礼しました」

ハッとし、兵士たちがシャロンを捕まえる。彼女は殆ど抵抗しなかった。

最初から逃げるつもりはなかったのだろう。両腕を摑まれ、膝をつかされた彼女は、ただじっとプリムを見つめていた。

「あとで話を聞くから。まだ連れて行かないで」

兵たちに命じ、その場に留まらせる。

プリムに目を向けた。彼女をなんとか助けなければ。

「……ヴェルチ。これを使って」

首から掛けていたチェーンを外し、ヴェルチに渡す。以前、プリムにそれは何かと聞かれたものだ。

　チェーンには、親指くらいの大きさの瓶が通してある。

「殿下、これは？」

「……解毒薬だよ。お前も俺が昔、よく毒を盛られていたことを覚えているだろう？　あまりにも頻度が高いことを憂えた父上が、お守り代わりに持たせて下さったんだよ。ある程度の毒なら解毒できるはず」

　淡々と伝える。ヴェルチは怪訝な顔をして言った。

「解毒薬、ですか？　しかし、どの毒が盛られたかも分からないのに」

「ある程度の毒なら解毒できると言った。主成分はエラーン。聞いたことは？」

「エラーン！」

　ヴェルチが息を呑む音が聞こえた。

　エラーンは、別名万能薬とも呼ばれる薬草で、ありとあらゆる症状に効くとされている。だが、あまりにも稀少なため、実在を疑う者も多い。

　父も手に入ったのは偶然だと言っていた。それをもしもの時のために持っていろと渡されたのが、十年ほど前のこと。

　幸いにも、『血の大粛正』以降、命を狙われるようなことはなくなっていたため、今まで使うことはなかったのだけれど。

多分、この薬を使えば、プリムは助かる。

あの女がどの毒を盛ったかは分からないけれど、よほど特殊なものでない限り、エラーンは効果を発揮するからだ。そして特殊な毒の入手は、どれも困難を極める。

女官程度のツテで手に入れられるものではないと知っているので、問題なくプリムは目覚めるはずだ。

「……まさか、エラーンが使われた薬を手にできる日が来るとは……」

ヴェルチが、感動で身体を震わせている。

今はそれどころでないと分かっているのだろうけれど、興奮が抑えきれないようだ。

「感動しているのは分かったけど、早くプリムを。そのために渡したんだからさ」

「っ！　失礼しました。急いで処置します」

指摘すると、彼はすぐに瓶に入った薬を取り出し、プリムに飲ませた。

薬は錠剤で、口に含むとすぐに溶けるようになっている。

そう労することなく、プリムは薬を飲み干した。

即効性があるので、薬が効力を発揮しさえすれば、五分ほどで彼女は目を覚ますだろう。

まだ確実にプリムが助かると決まったわけではないが、薬を飲ませたのだ。

難しい毒だとしても、エラーンならそれなりの効果を発揮してくれるから、少なくとも死ぬということはないはず。

　ひとまずホッと息を吐くと、俺たちのやり取りを聞いていたシャロンが、鬼のような形相で叫んだ。

「何、余計なことをしてくれたのよ！　もう少しでプリムローズが死んだのに！」

「……お前はプリムを殺したかったのか？」

　プリムの死を望む声に怒りが込み上げる。それを必死で抑えながらシャロンに聞くと、彼女は「ええ！」と高らかに言った。

「当たり前よ！　プリムローズには死んで貰わないと！　でないと、私が!!」

「私が？」

「……う、ううん……」

　一体どういう意味だと問い詰めようとしたところで、プリムから苦しげな声が聞こえた。

　ハッと彼女を見る。彼女は眉を寄せながらも身体を捩り、やがてゆっくりと目を開けた。

「プリム！」

　良かった。薬が効いたようだ。

　彼女が意識を取り戻したことに、心底安堵した。

「……ジュリアン？　え、あれ……どうして？　私は……え？」

　頭を押さえながらプリムが記憶を辿るように首を振る。

　自分の置かれた状況が理解できていないようだ。それでもなんとか身体を起こす。

ふらついているのを見て、慌てて背中を支えた。

「プリム、無理をしては駄目だよ」

「……頭がグラグラします。あと、なんだか気持ち悪い。……ジュリアン、これ、どういうことなんですか？」

医師や多くの兵士たちが自分の周りにいることに驚いたプリムが俺に尋ねてくる。

簡潔に答えた。

「そこにいる女官が、君に毒を盛ったんだよ。紅茶に毒を仕込んだ。……覚えてない？」

「気持ち悪くなったことは覚えていますけど……え？　毒？　シャロンが？」

信じたくないのだろう。嘘だという風にプリムが首を横に振る。

「まさか……そんな……」

「信じたくない気持ちは分かるけど、本当だよ。シャロンは君を裏切ったんだ。君という人に信頼してもらっていながら、それを分かっていながら君を殺すために毒を盛った。本人も毒を盛ったことを認めている」

「……」

隠すことに意味はない。こういうことは、ちゃんと知っておくべきなのだ。そう思い、心を鬼にして告げると、プリムは泣きそうな顔をした。

信じていた人に裏切られたことがショックなのだろう。その気持ちはよく分かる。

慰めるように彼女の手を握る。

なんの効果も無いと分かってはいたけれど、慰めの言葉を口にしようとした。

「プリム——」

「ごめんなさい、ジュリアン」

「え……」

プリムの口から告げられたのは謝罪の言葉だった。

どうして彼女が謝るのか。理解できない俺にプリムは言った。

「……多分だけど、あなたの辛い記憶を思い出させてしまったんじゃないかと思って。ジュリアン、前に話してくれましたよね。幼い頃、信じていた人に裏切られて、毒を盛られたって。……同じことだったから。もしかしたらあなたの傷になったのではないかと思って……」

「君って人は……」

目を見開く。堪らず彼女を抱きしめた。

辛いのは自分のはずだ。今、毒を盛られてショックを受けているのはプリムのはずなのだ。それなのに彼女は、自分のことよりも俺のことを心配してくれるのか。

プリムが優しい人だということはよく知っていたけれど、こんな時まで俺を優先しようとする彼女に涙が出そうになった。

精一杯優しい声で言う。

「……馬鹿だな。そんなこと気にしてくれなくて良いんだよ」

「でも……」

「君が無事だったんだから、それでいい。それ以上、望むことなんてないよ」

そう告げ、もう一度強く抱きしめる。

おずおずと俺の背に手を回す彼女がどうしようもなく愛おしかった。

どんな時でも俺のことを想ってくれるプリム。そんな彼女のことを心から愛していると思ったし、助けることができて本当に良かったと思った。

◇◇◇

吃驚した。まさか、毒を盛られるなんて思ってもいなかったから。

突然、訪れた気持ち悪さ。それに抵抗しようとしたところまでは記憶に残っている。

だけどそのあとは何も覚えていない。

よく分からないまま目覚めて、ジュリアンから話を聞いて、ようやく状況を理解できた。

私はシャロンに毒を盛られ、倒れたのだと。

「毒……」

「俺が持っていた薬を飲ませたから、毒はもう大丈夫だよ。心配ない」

私を抱き起こしながら、力強く告げてくれるジュリアン。彼がそう言うのならきっと大丈夫なのだろう。

身体はまだフラフラしていたし、眩暈のようなものもあったが、起きた直後よりはかなり楽になっていた。

「ありがとうございます、助けていただいて」

まだ言っていなかったと思い、礼を言う。ジュリアンは今にも泣き出しそうな顔をした。

「何言ってるの。助けるに決まってるでしょ。君は俺の大事な人なんだから」

「……はい。私――」

「信じられない！　なんで助かってるのよ!!」

会話を遮ってきたのは、シャロンだった。

兵士たちに両腕を掴まれ、膝をついた彼女は、目をカッと見開いて私を睨み付けている。

「あり得ない！　あり得ないわ！　私が使った毒は飲めばほぼ確実に死ぬと言われているものなのに！　なんで目を覚ましてるの？　大人しく死んでおきなさいよ!!」

「……シャロン」

叩きつけられる、それこそ毒のような言葉に胸が痛んだ。

私の死を願う彼女の顔は醜く歪んでいて、私を呪っているかのようだった。

彼女の様を見て、「ああ」と納得する。

——そうか、本当にシャロンが毒を盛ったんだ。

言われてもどこか信じきれていなかった、犯人がシャロンという事実。

私は、彼女を信頼していた。

心を許せる女性だと思っていた。

これからも一緒に過ごしていければ嬉しいと思っていたのに、それは私だけだったということなのだろう。

「……とても残念。私、あなたと友人になれるかもと思っていたから」

本心をポツリと告げると、シャロンが私を睨み付けながら言った。

「私だって、最初はそう思っていたわよ。でも駄目。だってあんたは私がなりたかった理想、そのものだもの。あんたを見ているとどうしようもなく苛々するの。私が嫌だと思うことを本心から嬉しい、楽しいって言えるあんたを見ているのが辛いの。しかも、殿下と正式に婚約までした？　は？　そんなの許せるわけないじゃない！」

叩きつけるように叫ぶ。

「私は殿下をお慕いしていた。あんただってそれは気づいていたわよね？　それなのにのうのうと幸せそうにしてさ。大体、どういうこと？　半年経ったら出て行くって言っていたくせに、まんまと殿下の婚約者の座に納まって。意味わかんない」

「シャロン……それは……」

彼女の言葉がトゲのように心に突き刺さる。

彼女がジュリアンを慕っていることに気づいていたのは事実だし、最初はジュリアンの妃の座に興味がなかったことも本当。それなのに手のひらを返したかのような行動を取った私を彼女は許せなかったのだろう。改めて指摘され、酷く胸が痛んだ。

「私――」

「黙って。下手な言い訳なんて聞きたくないから。ほんとふざけるのも大概にして欲しいわ。これだけの条件が揃っていて、私と友人になれるかもって？　冗談じゃないわよ。絶対にごめんだわ。あんたなんて大嫌い！」

投げつけられた言葉に、唇を噛みしめる。

確かにシャロンの言う通りだ。

私だってずっと好きだった男を奪われて、その女性から友達になろうなんて誘われても頷けない。

シャロンの気持ちを理解できるだけに、私には何も言う権利がなかった。

「……私」

胸を押さえる。彼女が私を恨む理由は分かったし、納得もしたけれど、やはりショックなのはショックだった。

そして、ジュリアンはこんなことを今までに何度も繰り返してきたのだと気づく。

一度、裏切られただけでもこんなに苦しいのだ。それを何度も、しかもまだ幼い子供の時にだなんて、私の比ではないくらいに辛かったことだろう。

自分で経験したからこそ、ジュリアンがどれだけ辛かったのか、そしてどうして人間嫌いになってしまったのかが理解できた。

——ああ、これは駄目だ。確かに何も信じられなくなる。何を信じていいのか分からなくなってしまう。でも——。

ギュッと拳を握る。

気持ちを落ち着かせるように深呼吸をひとつ。

そうして顔を上げ、私は真っ直ぐにシャロンを見た。

微笑みを浮かべ、彼女に告げる。

「そう、でも、私はあなたのことが好きよ」

「は……？」

ギョッとした顔で私を見てくるシャロン。

そんな彼女にもう一度微笑み掛けた。

「私はあなたのことが好き」

二度目は、先ほどより自然に言えた気がする。そして、言葉にしたことにより、自分の本心がより理解できたと思った。

呆然と私を見つめるシャロン。私はその目を静かに見返した。

沈黙が流れる。やがてジュリアンが小さく息を吐いた。

「——もういい。その女を連れて行け」

ジュリアンの命令に従い、兵士たちがシャロンを連行していく。

彼女は抵抗しなかったが、最後まで私の顔をじっと見つめていた。

空気を読んだのか、医師たちも下がり、ふたりだけになる。

小さく息を吐く私に、背中を支えてくれていたジュリアンが渋い顔をしながら言った。

「……プリム。よくあの女に好きなんて言えたね」

「え、でも、本心ですから」

「本心？　たった今、殺され掛けたっていうのに？」

「はい」

こくりと頷く。

振り返り、ジュリアンの目を見つめながら言った。

「嫌われているからと言って、嫌いになってあげる必要はないでしょう？　私は確かにシャロンに裏切られたけれど、シャロンのことを嫌いだとは思えないので」

信じていた人に裏切られてショックだったし、ジュリアンの気持ちが分かると思った。

人が嫌いだと思いそうになった。

だけど、そこで気づいたのだ。

私を裏切った人だけが、人の全てではない、と。

シャロンは私のことが嫌いかもしれない。だけど、私のことを本心から大事に思ってくれる人はいくらでもいる。

それは家族だったり、婚約者になったジュリアンだったりと色々だけれど、彼らからの愛を私は信じているし、嘘はないと思っている。

だから一度裏切られただけで人を嫌いだ、までは言えないし、その人のことを好きだった事実まで消したくないと思ったのだ。

「私はシャロンのことが好きでした。だから嫌われて、毒を盛られたのもショックだったけど、でも好きだった気持ちは本当なんです。嫌いになるのは簡単。だけど私はそれよりも、好きの方を大事にしたいと思ったから」

だから彼女に、「私は好きだ」と告げた。

あなたの気持ちは分かったけれど、私は違う。

そういう意味を込めて。

「プリム……」

ジュリアンが先ほどとは違う種類の驚きを込めた目で私を見つめてくる。そんな彼の頬に手を添え、私は笑った。

「一番の理由は、あなたです。私、あなたを好きな自分を否定したくなかったんです。だから、人を嫌いにはなりたくないなあって。ううん、なれないなって思ったんです」

本心を告げると、ジュリアンは目を見開き、何故か泣きそうな声で言った。

「――そうか」

「ジュリアン？」

様子が変わった彼が気に掛かり、その目を見る。みるみるうちに綺麗な瞳に涙が溜まっていった。彼は「そうか」と何度も呟き、私に言った。

「今、君に言われて初めて気づいたよ。俺も人を信じたかったんだって。あの、裏切られるばかりだった幼い俺は、きっと本当は人を好きなままでいたかったんだな」

だから、ジュリアンはずっと寂しかった。

本当は人を好きでいたかったのに、それができないから。

そうして人嫌いなのに寂しがり屋の王子様ができあがってしまったのだ。

誰よりも愛を信じたいと思っているのに、できない。そんな孤独な王子様が。

ジュリアンが目に涙を浮かべたまま、私に向かって微笑んだ。

「……プリムは強いね」

「そうでもありませんよ。私はジュリアンみたいに何度も裏切られたわけではありませんから。きっと傷が浅いからこんな風に言えるのだと思います」

私とジュリアンを一緒にしてはいけない。

彼が抱いてきた心の傷は、想像もできないほど深いものだから。

だけど彼は笑う。涙を零して。

私を抱きしめ、しっかりとした声で告げた。

「今なら俺は、人が好きだって本心から言えるよ。――世の中は汚い、信じられない人もいるけど、それだけじゃない。ちゃんと俺を愛してくれる人がいると知っているから」

「はい」

落ち着いた声音を聞き、頷く。

柔らかく抱きしめられた。その腕に身を委ね、目を瞑る。

ジュリアンが悪戯っぽく言った。

「それにね、これは君と同じなんだけど、君を愛している俺が人を嫌いなんてもう言えないと思わない？　俺、君のことすっごく愛してるからさ」

「本当だ。一緒ですね」

相手のことが好き。だから人間全部を嫌いとは言えない。

私と同じ理論を持ち出したジュリアンに、私は声を上げて笑った。

◇◇◇

「んっ、あっ、あっ……」

自分の口から絶え間なく甘い声が上がる。

あれからジュリアンの部屋へと向かった私たちは、もつれ合うようにベッドへと倒れ込んだ。

どうしようもなく彼が欲しかった。

多分だけど、ジュリアンも同じだ。

どちらも何も言わなかったけれど、気持ちは通じ合っていた。

もしかしたら、言葉は要らないという台詞はこういう時に使うのかもしれない。

「は……あ……んっ……」

互いの服を脱がし、我慢できないと愛撫もそこそこに繋がり合う。

蜜壺は彼の肉棒を求めてすっかり濡れそぼっており、痛みなど全くなかった。

「ああんっ」

肉棒が急くように濡れ襞を掻き分け、奥を目指す。甘い痺れのような快感が全身に走り、堪らず私は目を瞑った。

「気持ち良い……」

屹立が蜜壺の中を往復する感覚に陶酔する。熱く硬い塊に奥を突かれると、腹がキュンキュンと収縮した。

「あっ、あっ」

膝裏を持ち、腰をぶつけてくるジュリアンが愛おしくて堪らない。肉棒は硬く張り詰めており、それが膣壁を擦っていくのがゾクゾクする。

「ジュリアン……好き……好き、です」

手を伸ばすと彼は私の手を握り、口元に引き寄せてキスをした。

「俺も君が好きだよ。愛してる。……君を失わずに済んで本当に良かった。解毒薬が効くまで、生きた心地もしなかったんだ」

悲しげに眉を寄せられ、胸がキュウンと高鳴った。

「ごめんなさい……」

「謝らなくていいよ。君はこうして無事だったんだから。ねえ、体調はどう？　こんなことをしているくせに今更何を聞いているんだって思うかもしれないけど、気になって」

「大丈夫です。毒を盛られたなんて言われても、嘘でしょうと思うくらいには元気ですから」

嘘を吐いたつもりはなかった。

実際、気持ち悪いとかフラフラするとかしんどいとか、そういうのは全くなかったから

だ。

　私の言葉を聞き、ジュリアンがホッとしたような顔をする。

「そう……よかった。どうしてもプリムを抱きたくて押し倒してしまったけれど、もし辛いのに無理をさせていたら悪いなって思って」

「気にしないで下さい。私も望んだことですし、今は何よりあなたを全身で感じたいって思っているんです。だから、抱いてくれて嬉しいです」

　ドクドクと私の中で肉棒が脈打つ感覚にうっとりする。

　熱い屹立を体内に感じられるのが嬉しくて堪らなかった。

　彼のモノを受け入れ、ひとつになっている。死から逃れ、彼を感じることができている。

　それが何よりも嬉しかったのだ。

「あなたが私の中にいるのを感じると、生きてるんだって思えます。だから、もっとして下さい。あなたの元に帰ってきたんだって実感したいんです」

「っ！　そんなの……いくらでもしてあげるよ」

「んああっ！」

　グリグリと先端を膣奥に押しつけられた。身体の一番深い場所に熱を感じられるのが幸せで涙が出そうになる。

「はあ……ああん……ジュリアン……」

ガツンガツンと腰を打ち付ける彼がどうしようもなく愛おしかった。

ジュリアンが繋がったまま、私の身体を起こす。ふたり、向かい合うような体勢になった。

「あっ……」

ぎゅっと抱きしめられる。ジュリアンが位置を調整し、私が彼の足の上に乗るような形に収まった。

胸の辺りに彼の顔がある。ジュリアンは遠慮なく彼の目の前で誘うように揺れている茱萸を口に含んだ。

「んっ……」

先端をキュッと吸い立てられ、肉奥が蠢いた。愛液が腹の奥で生み出され、肉棒の滑りを更に良くしていく。

「んっ、あああっ……」

舌で硬くなった乳首を舐め転がされ、甘い声が上がる。悦びに身体をくねらせ、私は彼の頭を抱きしめた。ジュリアンの上に乗ったことで、蜜壺は完全に肉棒を呑み込んでおり、何もしなくても膣奥を刺激されている状況だ。しかもジュリアンは細かく腰を動かしているから、どこもかしこも気持ち良い。

「はあ……あああっ……気持ち良い……気持ち良いです」

天を仰ぎ、口を開ける。ハアハアと荒い息を何度も吐き出した。

その間も彼は胸を吸い、腰を振っている。いつまで経っても途切れない快感に、馬鹿になってしまいそうだ。

「ジュリアンっ……」

チュウチュウと胸を吸い続ける彼を見る。その姿はまるで子供のようだ。

甘えられているのかなと思うも、やっていることは全然可愛くない。

甘やかな刺激を終わることなく与えられた私は、腹の奥が茹だっていくのを感じていた。

「はあ……ああっ……」

視界がチカチカする。

快感が降り積もり、今にも絶頂に達してしまいそうだ。

腹の奥がむずむずして、堪らない。強く腰を打ち付けられているわけでもないのに、我慢できないほどの愉悦が込み上げてきた。

「はあ、はあ、はあ、はあ……」

「プリムの中が痛いくらいに俺を締め付けてくるんだけど。食いちぎられてしまいそうだよ」

「んっ……」

ジュリアンの言葉に反応し、ますます蜜壺は肉棒を圧搾した。痛いのか、彼が顔を歪める。なんとかしたいとも思うのだけれど、無意識でしていることなので、制御しようもなかった。

「ン……ごめんなさい……」

眉を寄せる彼に謝罪する。ジュリアンは首を横に振った。

「どうして謝るの。すごく気持ちいいのに。確かに痛いくらいだけど、俺は嬉しいよ。それだけ君が俺を求めてくれているってことだからね」

「っ！」

顔が赤くなる。鼓動も分かりやすく速くなった。

「ジュリアン……」

「愛してるよ。君が感じてくれてすごく嬉しい。だからもっと俺に酔って。淫らで可愛い君を見せてよ」

告げられる言葉を聞き、ドキドキした。

執拗に与えられる舌のザラザラした感触も、肉棒が私の中で緩く蠢いているのも、何もかもが渾然一体となって私に襲いかかってくる。

それを受け止め、陶然とした。だけど限界はすぐにやってくる。

「ア……ジュリアン……私……もう……」

——イく。

そう告げようとしたタイミングで、ジュリアンが勢いよく肉棒を突き上げてきた。

これまでにない強い刺激を与えられ、絶頂を示す痙攣が全身に走る。

ギュッと肉棒を締め上げる。屹立がグッと膨らんだような気がした。

「ああ、あああああああっ！」

あられもない声を上げる。耐えきれず首を仰け反らせた。

ジュリアンが切羽詰まった声で言う。

「プリム、愛してる」

「ッ!!」

それとほぼ同時に、多量の精が放出される。それは間欠泉のように吹き上がり、私の奥を濡らしていった。

熱い感触に、思わず肉棒をきつく食い締める。最後の一滴まで精を搾り取ってしまいたかった。

「んっ、んっ……」

「プリム……」

吐精を終えたジュリアンが私の身体を抱きしめる。熱かった身体が急速に冷えていく感覚は決して心地良いものではなかったけれど、幸せだった。

ジュリアンと視線が合う。自然と目を閉じた。

「ジュリアン……好きです」

「俺も。――君だけが好きだ。だからずっと側にいて。俺を残して先に逝かないで。俺をひとりにしないでよ。さっき、君が死んでしまうかもって思ってすごく怖かったんだから。もう二度と、こんな思いはさせないで」

「――はい」

返事とほぼ同時に触れられる優しい唇の感触に微笑む。

腹の中に残る温かな感触が愛おしかった。そっと自分の腹に触れ、思う。

ジュリアンは寂しがり屋だから、いつかの未来、私がもし先に逝ってしまったら、きっと壊れてしまうだろう。そんな彼は想像すらしたくないし、私は彼を甘やかすと決めたので、たとえ一秒でも彼よりも長生きしようと思った。

「私、意地でも、あなたが死んだのを見届けてから死にますね」

きっぱりと告げると、ジュリアンは目を見開き、それから「そうしてくれるとすごく嬉しいな」と幸せそうに笑った。

終　章　愛しい人へ

私の毒殺未遂事件から少し時間が過ぎた。

私に対する暗殺未遂を起こしたシャロンは、投獄される予定だったがそれは叶わなかった。

何故なら彼女は、兵士たちの隙を突いて、隠し持っていた毒を自ら服用し、死んでしまったからだ。

どうやら彼女は最初から自死する予定だったようで、ふたり分の毒を用意していたらしい。

彼女の部屋からは遺書が見つかり、そこには全ては自分の独断であること、家族は関係ないことなどが記されていた。

あとは、詳しい動機も。

彼女がどうして犯罪行為に走ったのか。

それは彼女自身が叫んだ通り、私に対する嫉妬からきたものだった。

彼女は私が羨ましかった。

弟や妹、家族を素直に愛せる理想の姉。

私自身そんなつもりはなかったけれど、彼女にはそう見えていたようだった。

そんな理想の私が、彼女がほのかに恋心を寄せていたジュリアンと婚約した。

彼女にしてみれば、理想が更なる理想を体現した姿に見えたのだろう。

婚約者候補として滞在しているだけなら、まだ我慢もできた。だが、正式に婚約者となってしまってはもう駄目だったのだ。

彼女が私の殺害を決断したのは、あの初夜の翌朝。

私とジュリアンがベッドで寝ている姿を見て、彼女は「もう無理だ」と悟ったらしい。

あとはひたすら、どのタイミングで私を殺すか、そればかりを考えていたと彼女の遺書には書かれてあった。

「私の理想を体現したあの女を殺し、私も死ぬ。残された道はこれしかない」

誰に相談することもできないまま彼女は思い詰め、そうしてあの事件を起こしたのだ。

私も読ませてもらったが、彼女の遺書には、やりきれない思いが詰まっており、読むだけで涙が溢れてきた。

知らないうちに、私がどれだけシャロンを傷つけていたのか、すごく申し訳ない気持ちになった。

ジュリアンには、咎められたけれど。

「君は何も悪くない。勝手に逆恨みした彼女が全部悪いんだよ」

「でも……」

「君の性格に彼女が嫉妬するのはお門違いな話だし、俺が君を好きになったことだって、文句を言われる筋合いもない。そもそも俺は彼女のことを好きでもなんでもないんだよ？　それなのに、まるで自分のものを取られたかのように逆恨みされてさ、それは違うって思わない？」

「……」

「彼女が本当にしなければいけなかったのは、努力すること。君のようになりたいのならそういう風になれるよう君をお手本にして頑張れば良かったのだし、俺のことが好きなら……それこそそれは俺にぶつけるべきだったんじゃないかな。もちろん俺はなんとも思っていないから断るしかないけど、でも、そういう努力を一切せず、逆恨みだけして君を殺そうなんて、彼女は一番やってはいけないことをしたんだよ。羨むだけなら誰にだってできる。そうでしょう？」

「……そう、ですね」

ジュリアンの言葉は厳しかったが、反論のしようもなかった。

彼女はただ、羨んだだけだった。

何も、改善する努力をしなかった。

ただ羨ましくて、それがいっぱいになって、自分自身と私を殺さずにはいられなくなってしまったのだ。

それは、なんて悲しい――。

「プリム」

咎めるように名前を呼ばれ、首を横に振った。

「大丈夫です。もう、シャロンに同情なんてしませんから。だけどひとつお願いがあるんです。聞いていただけますか?」

「君のお願いなら大抵のことは叶えてあげるけど……嫌な予感がするなあ」

そうして告げた私の願いを聞いたジュリアンは、案の定嫌な顔をしたけれど、それでも最後には頷いてくれた。

私の願いは、シャロンの妹を私付きの女官にして欲しいというもの。

実は、向こうから少し前、手紙が届いたのだ。

「姉の罪は分かっているけれど、できれば、自分をあなた付きの女官にして欲しい」と。

今回の件、シャロンの望みと、私のたっての願いから、彼女の家にお咎めはなかった。

本来ならそれは許されないのだけど、ジュリアンが頑張ってくれたのだ。

それを知ったシャロンの妹が恩返しをしたいと、姉の代わりに働きたいと言ってきた。

どうしてそれを私が良しとしたのか、その理由はひとつしかない。

シャロンとは真の意味で仲良くできなかった。だから今度こそ、良い関係を築きたい。

残念ながらシャロン本人ではなく、その妹とだけれど。

「私は人を愛していますから。これからも愛し続けていたいと思いますから、だから挑戦したいんです」

なかなか頷かない彼に、私はこのように告げ、最終的には許しを得たのだ。

そうしてやってきたシャロンの妹は可愛らしく一生懸命な子で、私はすぐに彼女のことが好きになった。

このまま上手く付き合っていけたら。今はそう思っている。

◇◇◇

「夜の散歩も久しぶりですね」

「たまには、こういうのもいいかなと思って」

「はい」

夜の庭をふたりで手を繋いで歩く。

結婚式まであと十日と迫った、春の夜。

私は、もうすぐ夫となるジュリアンに誘われ、夜の散歩に繰り出していた。

少し冷えるが、寒いというほどでもない。

目指すのは噴水がある広場だ。そこでお茶会をしようとジュリアンに提案された。

お茶のセットが入ったバスケットはジュリアンが持ってくれている。

夜特有の庭の雰囲気を楽しみながら、私たちはのんびりと歩いていた。

「……ついた。ここも久しぶりですね」

ライオンの形をした噴水を見て、感慨深い気持ちになる。

そういえば、初めて夜にジュリアンと出会ったのがこの場所だった。

あの時のジュリアンは、ひとりぼんやりと夜空を見上げていた。

疲れた彼を見て、なんとかしなければと思ったあの日がずいぶんと昔のことのように思える。

あの時は、ジュリアンと結婚することになるなんて想像すらしなかった。

半年後には帰るんだと信じ切っていたのに。

あの日の私に、ジュリアンと結婚するんだよと告げても、きっと信じないだろう。それは多分、ジュリアンの方も同じだろうけれど。

「プリム」

昔を思い出していると、噴水の縁にバスケットを置いたジュリアンが声を掛けてきた。

なんだろうと彼を見る。ジュリアンは、じっと私を見つめると、おもむろにその場に跪いた。

「えっ……」

何が始まるのかと目を見開く私にジュリアンが右手を差し出し、告げる。

「プリム、君を愛している。俺に人を信じることを思い出させてくれた君を、心から」

「っ……」

ジュリアンが何を考えてこんなことをしているのか分からない。

だけど彼は笑っていて、それがとても幸せそうだったから、とりあえず最後まで話を聞こうと思った。

「ジュリアン……」

「プリム、改めてだけれど、プロポーズさせて欲しいんだ。俺と、結婚してくれないかな?」

「……え」

彼の言葉を聞き、驚いた。まさかここでプロポーズされるとは思わなかったのだ。

驚く私にジュリアンが言う。

「十日後には妻になるって分かっているんだけどさ、そういえばきちんとプロポーズした

ことなかったかなって気づいちゃって。……こういうの駄目、かな？」

「……」

不安そうな顔で私を見つめてくるジュリアン。

私はと言えば胸がいっぱいになっていた。

十日後には彼と結婚式を挙げることが決まっているけれど、それを分かっていても、ふたりきりのこの場で、プロポーズをしてくれたことが嬉しかったのだ。

こちらに差し出された彼の手を、両手で握る。

「……喜んで」

感激しすぎて声が震えてしまったけど、ちゃんと答えた。私の返事を聞いたジュリアンが嬉しそうに笑う。

「良かった。ちゃんと受けてもらえた」

「当たり前じゃないですか」

「分かっていてもね、こういうのって結構緊張するんだよ」

立ち上がり、ジュリアンがホッとしたように言う。そうして優しい顔で告げた。

「愛してるよ、プリム。俺は君がいてくれるのなら、きっとこの先も幸せでいられると思うんだ」

「はい、私も愛してます」

「うん。ねえ、プリム。俺、君も知っての通り甘えたで寂しがりだけど、呆れずにずっと側にいてくれる？」

少し心配そうに告げられた問いかけに、私は己の胸をドンと叩いて言った。

「はい、任せて下さい。ご存じの通り、私、そういうのは得意中の得意ですから」

「ふふ、頼もしいね」

「これからもたっぷり甘やかしてあげますから、遠慮無く甘えて下さい」

ふたり、笑い合う。

お茶会の準備をするべくジュリアンが噴水の縁に置いたバスケットに手を伸ばした。

中身を確認しながら言う。

「早く子供も欲しいよね。俺、君との子なら愛せるって前々から思っていたけどさ、今は更に確信できるから、一日も早く欲しいって思うんだよ」

私に背を向け、告げられた台詞。その言葉を聞いた私は少し目を見張った。

クスッと笑い、その背に向けて軽く言う。

「ジュリアン。実はもういるって言ったら驚きますか？」

「えっ!?」

ぐるんとジュリアンが振り向く。その目は驚愕に彩られていた。

彼は私の側にやってくると、両手で肩を掴み、「本当!?」と叫んだ。

「い、い、い……今の！　今の話！」

ずいぶんと混乱している様子だ。常にない彼の慌てた姿が妙に楽しかった。

「はい、本当ですよ。今朝、知ったばかりなんですけどね。いつ言おうかなとタイミングを窺っていたんですが、言うなら今かな、と」

最近、体調が思わしくないなと感じていたのだ。

結婚式も控えている。何かあっては大変だと城の侍医に診てもらったのだけれど、結果は妊娠しているとのこと。

真っ先にジュリアンに教えたいと思った私は、侍医に自分から言うので黙っていて欲しいとお願いしていた。

ジュリアンは目を真っ赤にして、興奮している。

「お、俺の子を妊娠？　本当に？　嘘、嬉しい！　いつ！　いつ生まれるの？　明日⁉」

どうやら相当動揺しているようだ。思わず笑ってしまう。

「明日はさすがにないですね。十月十日と言いますし。あ、明日にでも一緒に先生に聞きに行きますか？」

「行く！　絶対に行く！」

食い気味に言い、ジュリアンは私を抱き上げた。

突然のことに驚く。

「わっ……！」

「プリム！　プリム！　ありがとう、嬉しい！」

チュッとキスをされ、降ろされた。普段よりも丁寧なような気がするのは、多分私が妊娠したと知ったからだろう。

彼はソワソワとしている。

「ええと、妊婦って身体を冷やさない方がいいんだよね？　それならこんな夜の散歩なんて駄目じゃないか。今すぐ戻らないと！」

「厚着してきましたし、少しくらいなら大丈夫ですよ」

早速心配性を発揮してきたジュリアンに笑って告げる。彼が喜んでくれたことが何よりも嬉しかった。

ジュリアンがおそるおそる尋ねてくる。

「ね……お腹、触って良い？」

「良いですよ。まだ何も感じないと思いますけど」

そうっとお腹に手を添えるジュリアンは真剣な顔をしている。少しでも動かないか、全神経を手のひらに集中させているようだった。

「……駄目だ。まだ分からない」

「だから言ったのに」

しばらく頑張っていたが、何も感じなかったのだろう。残念そうにジュリアンが言った。

今日妊娠が分かったのに、もう胎動を感じるとかさすがにないと思うのだ。

苦笑していると、ジュリアンが「ね」と私に言った。

「プリム」

「はい」

「俺たちで、この子のことをたくさん愛そう。俺はこの子に人を愛せる人間に育って欲しいって思うんだ」

優しい顔で告げられた言葉に息を呑む。

ずっと人を嫌ってきた彼が、己の子供に『人を愛せる人間に育って欲しい』と願ったことに驚いたのだ。

それは、彼が大きく成長した証のように私には思えて、なんだかとても堪らない気持ちになった。

「はい、私たちでたくさん愛してあげましょう」

泣きそうになるのを堪え、下手くそな笑顔を作って言う。

ああ、彼と巡り会えて、夫婦となることができて良かったなと心から思った。

あとがき

こんにちは、月神《つきがみ》サキです。

本作をお求めいただきありがとうございます。

今回は、寂しがりで甘えたなヒーローを書いてみました。

自分だけに甘えてくる男って可愛いですよね。

最初はツンだけどデレになるとものすごい勢いで甘え倒し、執着しまくる男、それがジュリアンです。

「君が撫でるのは俺だけでよくない？」

まさに彼の性格がよく出ている言葉だなと、自分でも思いました。

ご主人様が大好きな嫉妬深いワンコですよ、ワンコ。

私も主人公と同じく猫派ですが、ワンコも良いなあと書いていて思いました。

書くのも楽しく、あっという間にできあがりました。

とても好きな作品のひとつに仕上がったと思っています。

今回のイラストレーターは、潤宮《うるみや》るか先生。

何年も前から「お願いしたい。是非、お願いしたい」と前担当様に泣きつきまくった結果、念願叶って描いていただくことができました。

もうラフの段階からテンションはマックス。
何、この色気たっぷりな王子様。ヒロインもめちゃくちゃ可愛い……。
そして、この膝枕の構図！（歓喜）
舐めるように眺め、気がついた時には印刷しておりました。
潤宮先生。お忙しい中本当にありがとうございました。
機会がありましたらまた是非！　よろしくお願い致します。
本当に本当に素敵でした。
最後になりましたが、本作に関わって下さった全ての皆様に感謝を。
楽しんでいただけたのなら嬉しいです。
ではまた、次の作品でお目に掛かれますように。

２０２２年８月　月神サキ

寂《さび》しがり王子《おうじ》様《さま》は私《わたし》にだけ甘《あま》えたいらしい

ティアラ文庫をお買いあげいただき、ありがとうございます。
この作品を読んでのご意見・ご感想をお待ちしております。

✦ ファンレターの宛先 ✦

〒102-0072　東京都千代田区飯田橋3-3-1
プランタン出版　ティアラ文庫編集部気付
月神サキ先生係／潤宮るか先生係

ティアラ文庫&オパール文庫Webサイト『L'ecrin《レクラン》』
https://www.l-ecrin.jp/

著者――月神サキ（つきがみ さき）
挿絵――潤宮るか（うるみや るか）
発行――プランタン出版
発売――フランス書院
〒102-0072　東京都千代田区飯田橋3-3-1
電話（営業）03-5226-5744
（編集）03-5226-5742
印刷――誠宏印刷
製本――若林製本工場

ISBN978-4-8296-6966-2 C0193

© SAKI TSUKIGAMI,RUKA URUMIYA Printed in Japan.
本書のコピー、スキャン、デジタル化等の無断複製は著作権法上での例外を除き禁じられています。
本書を代行業者等の第三者に依頼してスキャンやデジタル化することは、
たとえ個人や家庭内での利用であっても著作権法上認められておりません。
落丁・乱丁本は当社営業部宛にお送りください。お取替えいたします。
定価・発行日はカバーに表示してあります。

ティアラ文庫
Tiara Label

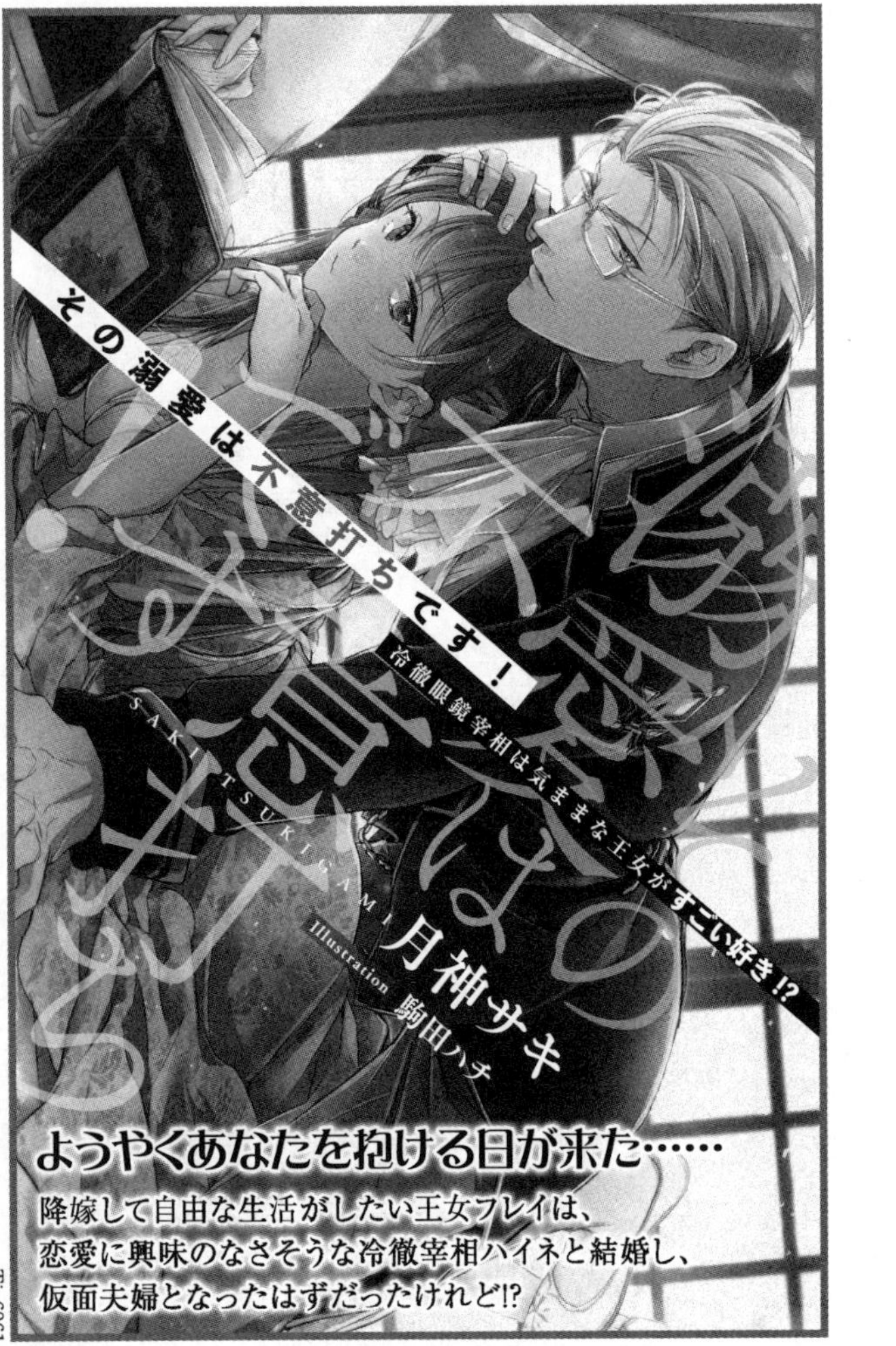

♥ 好評発売中! ♥

Tia6961

ティアラ文庫
Tiara Label

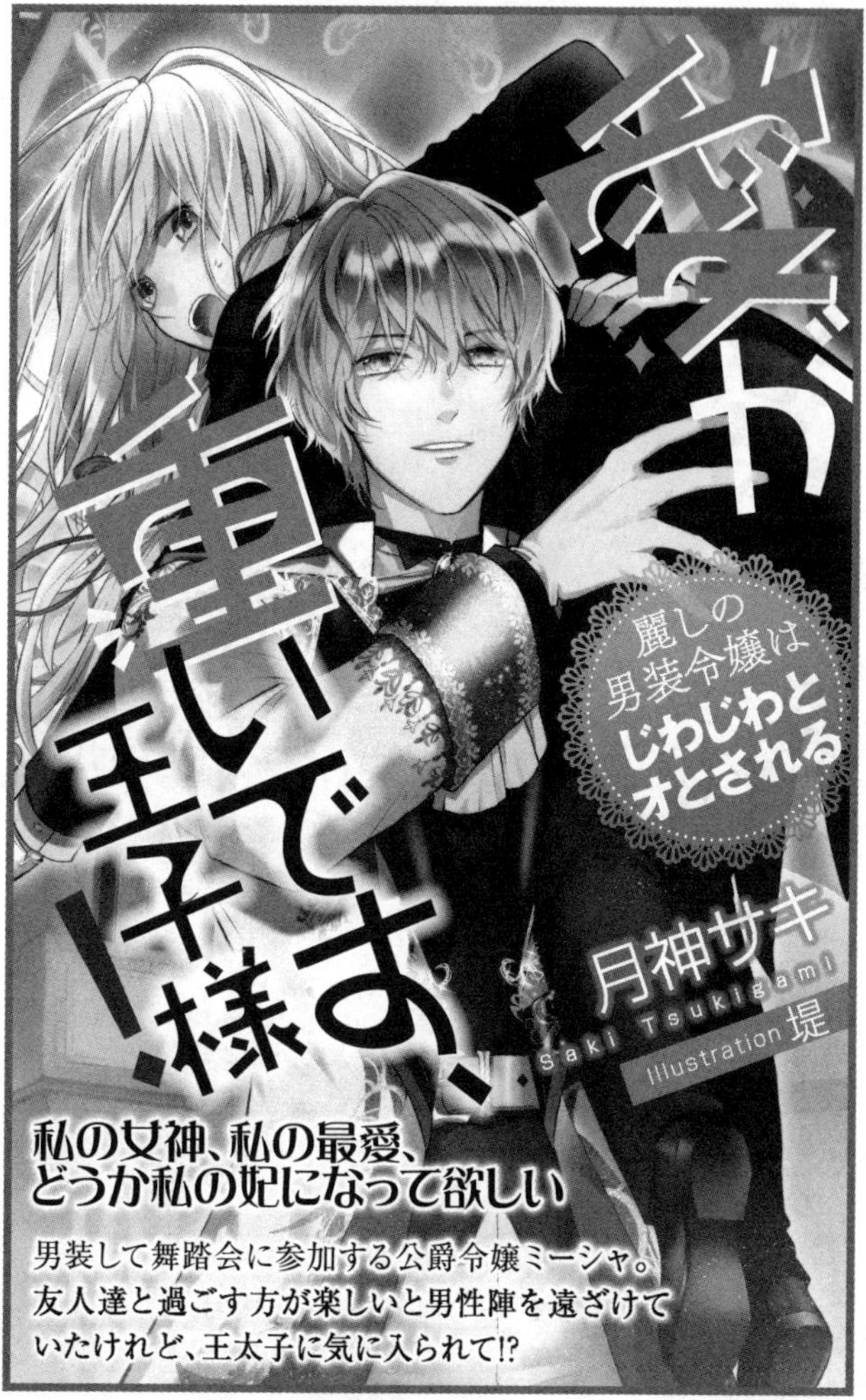

Tia6948

♥ 好評発売中! ♥

ティアラ文庫
Tiara Label

Tia6939

♥ 好評発売中! ♥

ティアラ文庫
Tiara Label

Tia6926

♥ 好評発売中! ♥

ティアラ文庫

Saki Tsukigami 月神サキ
Illustration Ciel
好きな人に
惚れ薬を
飲まされました!
両想いだからイチャイチャしても
いいですよね?
憧れの侯爵・ヒューゴ様に惚れ薬を飲まされた私。
薬のせいにして大胆に迫ってみたら、
幸せな溺愛生活が待っていた!

Tia6914

♥ 好評発売中! ♥